少国民たちの戦争

日記でたどる戦中・戦後

志村建世

社会批評社

まえがき

太平洋戦争は、私が国民学校（小学校）二年生だった十二月に始まり、六年生だった八月に終った。私の受けた初等教育は、戦争とともにあったと言ってよい。当時の教育によれば、日本は正義の戦いをしているのであり、少国民と呼ばれた私たちの勉強も体育も、すべては国家に身命を捧げて戦うための修練なのだった。

戦争は、あまりにも当時の日常だったから、私たちは戦争のない日本の社会や外国との交流といったことを、想像することさえできなかった。最大の関心事は、常に日本軍が米英軍とどのように戦っているかであり、具体的には、何機撃墜した、何隻撃沈したという「戦果」がすべてだった。そのような戦争状態こそが異常なのだという事実は、ずっと後になってから知ったことである。戦争が末期となり、空襲が激しくなってからでも、戦争とは避けることのできない運命そのものだった。つまりそれは「天災」の一種だったのだ。

中身を読んでいただければわかるが、私の家族は運がよく、疎開もせずに空襲を体験しながら、都内にあった家は焼かれず、家族から戦争犠牲者も出さなかった。これには世代的な幸運もある。つまり父親は徴兵には年をとり過ぎていて、兄は応召したものの戦地へ行く前に終戦という、半世代ずれた犠牲の少ない年代に当るのである。

本書の内容は副題にあるように、私の当時の日記をもとに叙述している。この中で私が空襲体験の一部を、刺激的な「空の活劇」のように描写しているのを不快に思われる方もおられるのではないかと思う。だが、そのような非常識が常識化した中で少年が育ったことこそが、本当に「怖い時代」だったのではないだろうか。子供は環境を選ぶことができない。あの時代に育った男の子は、将来を問われたら「早く大きくなって、アメリカ兵と戦います」と答えることになっていた。そして自ら少しでも勇ましく答えようとしたのだ。

戦況がいかに悪くなろうと、当時の国民に選択の自由はなかった。天皇を中心とする「お国のため」に、沖縄では県民も戦力として根こそぎ動員され、戦力にならない者たちも「国に殉じて死ぬ」ことを強要された。あの「怖い時代」がそのまま続いたら、おそらく千万人単位の国民が犠牲に供されたことだろう。軍部は長野県の山中に大本営を築き、天皇を奉じて本気で本土決戦の継続を計画していたのだ。

戦争が、権力者の意思で「止めることもできる」ものであることを、当時の私たちは知らなかった。しかし、今は知っている。あの「怖い時代」を二度と再現しないために、主権者である国民の資料として、このささやかな一冊を加えたいと願っている。

著　者

目次

脚注　表紙カバーの帯は、二〇一〇年二月一三日付『朝日新聞』の「焼け野原で見た『無常観』」（内田康夫氏インタビュー記事）の引用。同氏の承諾を得て掲載。

第一章　昭和初期の東京

いちばん古い記憶

前おきも何もなしに、私の話は始まる。私は母に連れられて、大きな建物の中にいた。母はそこで誰かと会い、何かの話をした筈だが、私には何の記憶もない。ただ、そこがコンクリート造りらしい冷たい感じの場所で、私は早く家に帰りたいと思いながら母の手を握っていたことだけを覚えている。そのとき私はたぶん満年齢で五歳になるより前だった。昭和十四年(1939)の、ある日のことだったに違いない。私は幼稚園の面接に連れて行かれたのだった。

私は幼稚園には通っていない。四人いた年上のきょうだいはみんな幼稚園へ行ったのだが、私だけは行かなかった。行くのがいやだと親に言った記憶はないから、母が行かせなくていいと判断したのだろう。建物の中の記憶は、母がそのように判断したことと、関係があるのに違いない。

私は末っ子で、いちばん近い姉とも四歳離れていた。本当は二歳上にもう一人の姉がいたのだが、幼いうちに死んでしまったと聞いている。母はその子が死ぬときに、「もう一度生まれておいで」と話しかけたという伝説があった。だから母は私が生まれたとき、その姉の生まれ変りだと思ったそうだ。「それでこの子は、やさしい子になった」と、母が人に自慢するのを、私も聞いた覚えがある。もしかすると母も、私を幼稚園にやらずに、自分の近くに置きたかったのかもしれない。

昭和十年代の当時、山の手の住宅地でも、幼稚園に通う子供は少数派だった。それは裕福な「お邸」の子供たちが行くところだった。そして私の家にも何人かの「女中」がいた。その人たちは、母の実家である千葉の親戚が多かったが、父の実家の静岡から来る場合もあった。年ごろの娘たちは、「行儀見習い」として東京の「お邸」に住み込みで働きに来ていた。そして数年である程度の「お給金」を貯めると、それを資金として良縁があれば人妻になるのだった。「何人も立派な花嫁にしてあげた」というのが、母の自慢だった。そんな中でも、長く居ついて家族に準じるような立場になる人もいた。私の世話をよくしてくれたKさんは、「笑うもできない赤ちゃんのときから見てたんですよ」が口ぐせであり、自慢だった。

家では出版業をしていたのだが、およそ会社らしくない、個人経営の家内営業だった。画家などで通ってくる人もいたが、大半は住み込みで、これは父の親戚などの男性が多かった。しかし仕事場が明確に分かれているわけではなく、居宅に増築したり、離れを建てたりで間に合わせていたから、仕事場と生活の場は、ごちゃごちゃに入り組んでいた。そんな中で育つ子供たちに、立場の違いなどがわかるわけがない。要するに家には奉公人の男や女がいっぱいいて、いろんな仕事を分担しているという認識でしかなかった。しかし子供に慢心させてはいけないという親の配慮はあったから、差別的な言動は厳しく禁じられていた。それでも私たちが「坊ちゃん、嬢ちゃん」であることに変りはなかった。

私の育った家

私の家は、東京の滝野川にあった。今は王子と合併して北区になっているが、落ち着いた高台の住宅地の中にあり、大通りから路地を入って、小学校の裏口のすぐ近くだった。板塀に囲まれた敷地はかなり広く、カギ型に変形はしていたが、二百坪ほどはあったろう。道に面して門構えと三十坪ほどの母屋があり、カギ型の奥に一部洋風の二階家があって「向うの家」と呼ばれていた。その手前には木造平屋の作業場があり、「発送部」と呼ばれていて、事務室や書庫も兼ねていた。ただし電話は母屋に一本しかないので、用があるときは社員が「電話お借りします」と縁側から入ってくるのだった。

庭は広くあいていたから、真ん中に三メートル四方ほどの大きな砂場があって、その横には鉄棒とブランコがあった。このブランコは高さが四メートルほどもある本格的なもので、私たちの自慢だった。立ち乗りで大きくこぐと、鎖が水平になるぐらいまで大きく揺れて、快感だった。私は臆病ではあったが、こうした動きのある遊具は大好きだった。近所の友だちが遊びに来て、やらせてあげるときなどは、喜んでいる姿を見て自分も満足していた。

兄や姉たちと遊ぶにも、家の中だけで遊び場には不自由しなかった。古い雑記帳に絵が描いてあるので思い出せるのだが、庭木から毛虫を集めて「毛虫のつくだに」を作ったことがある。レンガを立てて炉を作り、空き缶に毛虫と水を入れて、下から火を焚いて煮ているのである。兄は中学生、姉たちは小学生だった筈だから、火を使っても大人から咎めはなかったのだろう。何を煮ているのかを聞かれることもなく、みんなで毛虫がどうなるかを熱心に見ていた。そのときのスリルを覚えているのだが、兄や姉たちには「毛虫がかわいそう」という倫理感はなかったのだろうか。

父も母もそれぞれに多忙だったから、私たちは遊びについては放任されていた。子供はときに残酷なことも考える。あるとき姉の一人が「○○ちゃんが泣いたの見たことないね」と言い出して、もう一人が「そうだね」と応じた。そして新入りのお手伝いさんを「泣かせてみよう」という相談が、私も入ったその場で決まってしまった。そこで私たちがやったことは、下駄を隠す、すきを見て足を蹴る、髪の毛を引っ張るなどの悪さだったが、そこは大人と子供の体力差があるから、「止めてください」と簡単に振り払われてしまって、その日のうちにあきらめた。後で親に叱られた記憶がないから、その人は告げ口をしないで我慢してくれたのだろう。今でも思い出すたびに心の痛む、苦い思い出になっている。

しかし全体としては、いい思い出の方がずっと多い、私たちは大事にされていたし、母は使用人を家族と同様に待遇することを自慢にしていた。「一かけ二かけ……」の古い歌や歴代天皇の名前など、多くのことを私は親代わりのお手伝いさんたちから教えて貰ったのだった。

丸いちゃぶ台

日に三度の食事は、台所に近い四畳半で食べた。直径四尺（一・二メートル）ほどの大きな丸いちゃぶ台の脚を立てて中央に置き、家族と給仕係も含めて多いときは十人もの人数で正座して食べた。かなりの混雑だった筈だが、丸いテーブルは融通がきいて具合がよかった。食器も各自のものは茶碗と汁椀、それに小さな取り皿ぐらいで、おかずは大皿などでテーブルの真ん中に置かれることが多かったから、なんとか並べられたのだろう。夕食時などは、子供たちは各自勝手にしゃべるし、おかわりの茶碗は頻繁に往復するしで、かなりにぎやかだった。時々、ラジオでニュースを聞いていた父が「少し静かにしろ」と大声を出すこともあった。昭和の初めから普及の始まったラジオは、まだ最新の情報機器で、大事そうに箪笥《たんす》の上に置かれていた。聞ける放送は、もちろん一種類だけである。

今にして思うのだが、私が見た幼い頃の風景は、何百年も続いてきた日本人の生活ぶりと、基本的には変っていなかったのではなかろうか。南側に縁側があり、家の内部には廊下がなくて部屋と部屋が襖をへだてて連続していた間取りは、伝統的農家の建築と同じだった。家族が集まって食事をする囲炉裏《いろり》はなかったが、丸いちゃぶ台がその役割をしていたと見ることもできる。そして天井からは、バネ入りの吊り具で高さを調節できる、ガラスの笠つきの電灯が一つ下がっていた。その明るさは四十ワットか六十ワットで、ランプよりは明るくなった、という程度だったに違いない。家の中で百ワットの電球がついているのは、客間を兼ねた八畳間だけだった。台所の電球が、戦後になっても十ワットのままだったことは、私が「電球係」だったからよく覚えている。便所につけるのは二燭光の小丸電球と決まっていた。それが男便所と女便所との仕切り板にあけた小窓についていて、両方の灯りになっていた。もちろん白熱電球の明るさだから、今の感覚なら、目が慣れるまでは闇に近いような暗さだった筈である。

老人はいない家庭だったが、家族だけで七人、寄留者を入れて十人程度の生活圏で私は育った。父母は生粋の東京人ではなくて上京者だったが、見合いの初婚を嫌って村から飛び出し、鎌倉でお邸奉公をしたことがあるという母は、気品があって言葉づかいもきれいだった。子供の目からも「奥様」と呼ばれて恥ずかしくない人に見えた。しかし家を仕事場にしていることもあってか、人間関係では、当時としては珍しいほど水平だったような気がする。家族間でも使用人からでも、私たちきょうだいへの呼びかけは、すべて名前に「ちゃん」付けで統一されていた。父は「パパさん」、母は「ママさん」であり、面と向かうときだけ「社長」とか「奥さん」とか呼ばれていた。

ある夕食のとき、兄の茶碗が空になったのを見たお手伝いさんが、「もう一杯あがる?」と声をかけた。少し考えた兄が「さがる」と答えたので、その場は大笑いになった。その言い方が、しばらく大流行したのは、もちろんである。

電気の使い方

昭和初期と現在とで、天と地ほどに違っているのは、家庭における電気の使い方だろう。電気の普及は基本的に二十世紀になってからだから、父も母も電気のない暮らしを知っていた。そして電気のある日本人の暮らしを経験した第一世代だったことになる。私が育った昭和の初年になっても、電気とはすなわち電灯のことだった。父は新しいもの好きだったから、当時の一般家庭よりも進んでいたと思うのだが、私が思い出せる電灯以外の電気製品は、ごく限定されている。まず、夏には扇風機が一台あって、客間に置かれた。その部屋にはラジオつきの電蓄（電気蓄音機）があって、レコードを聞くことができた。兄がひところ音楽に凝っていたから、名曲のオーケストラ演奏や、外国民謡の原語による合唱のレコードなどもあった。

廊下の隅にはベルトをかけて振動で肩をマッサージする健康器具が置いてあった。ただし飽きっぽい父はそれを愛用している様子はなく、私は時々ベルトを首にかけてスイッチを入れ、「アー」と出す声が細かく震えるのを面白がっていた。その他には、物置小屋に井戸があって、その汲み上げにポンプを使っていた。タンクに貯めた水は水道と平行して台所や戸外の洗い場にも引いてあったから、断水に対しては心強かった。ただし今のような能率のよいポンプではなく、手漕ぎのピストンをモーターで動かすように改造した無骨な機械で、よく故障してはポンプ屋が呼ばれていた。

　思い出してみると、昭和初期の市民の日常生活と、現在の私たちのそれとの間には、同じ民族とは思えないほどの生活レベルの断絶がある。そしてその変化の内容を考えると、そこにはすべて電気が関係しているのだ。この生活の激変を、私は「生活ビッグバン」と呼びたいのだが、それは人類が電気を使いこなすようになったという、一つの現象から導かれた。してみると私の人生の中で、たまたま経験したこの大変化は、人類史上に特筆すべき、ただ一度の生活革命だったのではあるまいか。私が生活記録を本気で残そうと思った動機が、ここにある。

　電気のついでに電話のことも書いておこう。電話機は廊下にあって、壁に取りつけてあった。木箱の前面にダイヤルがあり、その上に黒い送話口があって、箱の横には受話器が半円形のアームに掛けてあり、手にとると通話のスイッチが入るのだった。通話口の上には二個のベルが大きな目玉のように並び、電話機は人の顔のように見えた。もう自動電話になっていたから、市内の電話はダイヤルだけで掛けられるので、便利になったと母は喜んでいた。しかし市外通話は交換手に申し込んで、つながったら局から電話がかかってくる方式だった。

　近所に電話のある家は少なかったから、近所の人が借りにくることがあり、ときには呼び出しの依頼もあった。姉が習いに行っていたピアノの先生が、わが家の電話番号を無断で呼び出し電話として人に教えていると、父が怒ったこともあった。

水まわりと便所

生活に水は欠かせない。昭和初期の東京には、もちろん水道が完備していた。しかし井戸も多く残っていて、わが家の並び十軒ほどの中でも、井戸のある家が他に二軒はあったと思う。水道は台所と、風呂場と、台所に近い洗面所と、庭に面した外の洗い場に引いてあった。当時は、便所は水道を引く「水場」ではなかった。便所は二個所あって、台所に近い方は男女兼用で、客間に近い方にだけ男用の便器もついていた。いずれも三尺四方の狭い空間である。用便後の手洗いには、台所に近い方では洗面所の水道を使い、客間の方では、廊下の外の軒先にブリキ製の手水器と手拭が吊るしてあった。手水器は、下に突起した金属棒を手で押し上げると、少量の水が流れ出るのだった。しかし夜は雨戸を閉めてしまうので使えない。私は、用便後の手洗いを励行した記憶はない。

水道は「ヒネルトジャー」とか「鉄管ビール」とか呼ばれていたが、今の水道と大差はない。大きく違っていたのは下水の方だった。家から出た排水は、幅十センチほどのドブ（溝）に導かれて庭の方へ流れた。ドブは庭の洗い場からのドブと合流してから、庭の塀ぎわを延々と流れ、最後は南側の塀の下から外へ出て、幅三十センチほどの大きなドブに流れ落ちるのだった。屋根瓦のような焼き物で出来ていて、一尺（三十センチ）ほどの長さの規格品を並べたドブは、随時掃除はするし、決して不潔ではなかった。風呂の残り湯を抜いたときなどは、しばらくの間、勢いよく流れが続いたから、折り紙の舟を浮かべて流したりするのに、ちょうどよかった。

ドブについて今も覚えているのは、飯粒が流れるのを警戒することだった。父は妙に細かいところがあって、ドブの中を一つでも飯粒が流れているのを発見すると、台所の担当者を厳しく叱責するのだった。そんなときのお説教にいつも出てくるのは、父が育った山村では、米は病人でなければ食べられないほどの貴重品だったという話だった。だから私はお手伝いさんたちから、お米や飯の粒が流れているのを見たら、すぐに取り除いてほしいと頼まれていたのである。私はその頼みを聞き入れて忠実に実行し、大いに善政を施した気になっていた。

当時の便所は、言わずと知れた汲取式である。便所の床下には大きな便壷が埋めてあって、小さな汲取口から、柄杓で汲み出すようになっていた。定期的にリヤカーに樽を積んだ清掃係が巡回してきて汲んでくれるのだが、一樽を一荷《か》と呼んで、数に応じて東京市のマークの入った「汲取券」を渡すのだった。清掃員は麦藁帽に手拭で頬被りし、天秤棒の前後に樽を吊り下げて、狭い路地でも器用に歩いた。俗に「オワイヤさん」と呼んでいたが、本人に面と向かって言うのは厳禁だった。汲取のある日は、あたり一面にすごい臭気が立ち込めるので、事前にわかった。この状態は昭和三十年代まで続くのだが、その前の戦時中には汲取も止まったから、もっとひどいことになった。

大家族の人間関係

子供が五人で、両親を加えて七人という家族構成は、当時としては大家族と呼ぶに当らない。ましして恋愛結婚をして東京で核家族として出発した父母には、同居する老人はいなかった。だから先祖伝来の生活習慣に縛られない、一種の自由さはあったのだと思う。その一方で、私が育つころには数名の社員とお手伝いさんたちが同じ敷地内で生活していたから、その人たちも含めた十人以上が家族のような感覚だった。当時のことだから、勤務時間という観念もなく、日曜日が休日というのも怪しいものだった。大量の宣伝郵便物、今の言葉ではダイレクト・メールだが、それを出すので忙しいときは、台所のお手伝いさんはもちろん、子供たちも手のあいているものは参加して、夜遅くまで封筒の糊づけ作業などをしていた。それは、気楽なおしゃべりと、公認の夜更かしと、おやつまで出るので、私にはお祭のような楽しさしか残っていない。

その中でまだ幼かった私は、みんなから可愛がられていたのだと思う。ちょっとした手伝いをするだけでも、大げさに褒められて話題の的になった。言わば社内のアイドル的な存在だったのではないかと思う。絵描きの河野薫さんという人がいて、後に版画家として名をなすのだが、その人が中心になってガリ版刷りの社内新聞を出していたことがある。その新聞のタイトルが『建世新聞』であり、私はその名義上の社長だった。社員には文才のある人もいて、連載のスパイ小説があったり、中学生の兄も文芸小説めいたものを書いたことがあった。しかし記事の大半はゴシップ記事で、社員の仕事を誇張した快速自転車隊の活躍だとか、姉が便所の壁に描いた「壁画」の紹介とかだった。編集後記には「社長は『よきに任せる』と積木で遊んでおりました」などと書いてある。

要するに私は混沌とした人間関係の中で育ったのだが、すべての人が自分よりも年上だった。自分が働きかけて動かせる人はいなくて、常に周囲に注意を払って、他人に合わせて自分の態度を決める習慣が身についた。これはその後長く私の行動を規制したように思う。兄との関係で言えば、あざやかに覚えているこんな場面があった。

兄は、名門とされていた府立四中に合格して、毎日市電で通学していた。制服の胸には名札がついていて、その一行目には府立四中と漢字で書いてあった。二人だけのとき、兄は学齢前だった私に、この名札の字が読めるかと聞いた。私はすぐに「ふりつよんちゅう」と正しく読んだ。すると次に兄は「府立」の二字を指さして、この字の一字ずつはどう読むのかと重ねて聞いた。私はここで兄の気持がわかった。私がすらすらと答えたのが面白くなかったのだ。「府」の字の方が複雑だから、読み方も複雑だろうと、私が間違うのを期待しているのに違いない。少し考えるふりをしてから、「府」を指して「ふり」、「立」を指して「つ」と答えた。「ざまあみろ」というように兄は優越の表情を浮かべて、私に正解を教えることなく、部屋から出て行った。

親の怖さ

親は怖かった。とくに父親の怖さは、皮膚感覚として今も残っている。「親の言うことを聞く」が絶対で、少しでも口答えすると徹底的に叱られた。ことの是非よりも、とにかく「親の言うことを聞いた」かどうかが問題にされた。制裁は、直接の暴力はあまりなくて、私は頬を一度平手で叩かれただけだが、兄も姉も、幼い頃には手を縛られて押入れに入れられたこともあったと聞いている。母は一貫して、とりなしと謝り役だった。この辺までなら当時の父親像としては、さほど珍しくはなかったことだろう。私たちの場合はその後に問題が深刻化したのだが、とにかく親と子の間には、絶対的な身分の差があった。

父がどのようにして、あの父権絶対の信条を身につけたのかは、私にもわからない。ただ想像するに、祖父が学んだという寺子屋の教育などを通して、祖先や親を重んじる「孝」の思想は受け継いでいただろう。そして文明開化の恩恵を受けて、山奥から町へ出て勉強し、代用教員の資格を手に入れた。いくつも年齢の違わない子供たちを教える立場になったのだから、背伸びして人に弱みを見せない態度も身につけたに違いない。そこから身を転じて新聞記者となり、徳富蘇峰の信頼を得て活躍するまでになった。しかし組織の中では安住できない人間だったと、本人も認めていた。主婦の友でも講談社でも定着できずに、自分で出版社を始めて、ようやく軌道に乗ってきたのが、私の育った昭和初期だったのだ。強烈な自信が心の支えだったことは想像に難くない。

今これを書いていて、尊敬に値する父親だったと、改めて認めざるをえない。それにしても、あの思い込みの激しさは何だったのだろう。「あいつは親に反抗した」と認定されると、反省とか謝罪とかで済まされる範囲を超えてしまうのだった。それは、子供が意のままにならなかった怒りが、憎悪に近い感情の固まりになってしまうからだった。だから「これから気をつけろ」といった明快な終り方にならずに、お説教は長引いた。同じことを何度もしつこく言われると、子供は黙ってしまう。母が「その辺にしたら」と助け舟を出そうとすると、「あんたがそんな態度だから子供が反抗するんだ」と、母親が責められる立場になるのだった。

「反抗」事件は、思わぬときに天災のように襲ってきた。ある日、父はちょっとした外出に、姉を「いっしょに行かないか」と誘った。姉は何か都合があったのか、なかなか良い返事をしなかった。いらいらしながら待っていた父は、野球のバットを持ってきて、姉のきれいな下駄を、粉々になるまで叩きつぶしてしまった。あのときのことは、いつまでも心の傷になっていると、姉からしみじみと聞かされたことがある。

でも、ふだんは基本的に子供に甘い父親でもあった。激しい気性を、自分で持て余しているようでもあった。とにかく父親は、抵抗することのできない、怖い存在なのだった。

大日本帝国の時代

私が育った国は大日本帝国であって、日本国ではない。ふつうの家庭には、あまり関係のないことかもしれないが、私たちにとっては、時局によって商売は大きく影響されていた。当時の会社の代表的な出版物が『児童年鑑』で、地理、歴史、社会常識、時局情報などを網羅した、子供のための総合参考書だった。現在七十歳前後から上の人たちの中には、「野ばら社の児童年鑑」で山の高さを調べたり、軍艦の名前を覚えたりした人が、けっこういるのではないだろうか。今見ても内容が充実していて、いろいろなことがよくわかる。

口絵の日本絵地図を昭和十四年版で見ると、樺太・千島・北海道から始まって、十四頁を費やして九州・沖縄まで行くのだが、その先は朝鮮地方、台湾地方、関東州（大連、旅順などのある遼東半島）、南洋群島と続いている。当然ながら朝鮮も台湾も国内であって、本もよく売れていた。子供たちの「皇民化教育」に役立つというので、積極的に利用された面もあったのだろう。当時の建前としては「内地」と「外地」は、差別してはいけないことになっていた。だから日本の山の高さ比べのところを見ると、富士山は第五位になっている。新高山をはじめとする高い山が台湾にあったからだ。そういう点では、父はよく時局に適応していた。外地も公平に扱っているから評判がよいのだと、自慢していた。

地理と並んで今と大きく違っているのは歴史の扱いである。神武天皇即位を元年とする「皇紀」を使っていて、神話伝説がすべて「史実」だということになっていたから、日本の歴史は紀元前六百六十年に始まるのだ。だからインドに釈迦が生まれたのも、中国に孔子が現れたのも、第二代綏靖《すいぜい》天皇のときであったという奇妙な歴史年表になっている。しかし当時は「皇国史観」は学問を超えるものとして権威づけられていたのだ。ただし当時の子供たちにそんなことがわかる筈もない。皇紀から六百六十年を引くと西暦になるという計算を、丸覚えしただけのことである。

学齢前だった私は年鑑の中身をすべて読めたわけではないが、「帝国艦船一覧」のところは大好きだった。戦艦として長門、陸奥から練習戦艦比叡に至るまで十隻の備砲や性能が比較表になっていて、かっこういい写真が載っていたのである。兄によく説明してもらったから、長門、陸奥の主砲が四十センチの口径で八門あるなどと、今も諳《そら》んじている。軍事マニアの少年というのは今でもいるだろうが、当時の私たちの関心の熱さと切実さは、とても比較にならないだろう。現に大陸では戦争が始まっていたのだし、それらの軍艦は、自分たちを守ってくれる正義の味方でもあったのだから。

毎月配達される「講談社の絵本」にも、毎号の後ろの方に読み物のページがあって、そこにはたいてい、中国（当時の用語では「支那」）戦線での日本軍の活躍ぶりが挿絵入りの記事になっていた。私は母にせがんで、「〇〇部隊長の奮戦」といったお話を読んで貰うのだった。

軍国の子守唄

学齢前の私の周囲には、どんな歌が流れていたのかを思い出してみると、口伝えで聞かされた歌というのは、あまり多くはない。若いお手伝いさんが炊事をしながら歌っていた「一かけ二かけ三かけて……」の、哀調を帯びた伝承歌くらいのものである。

母も、歌はあまり歌ってくれなかった。それよりも、家にはレコードがふんだんにあって、兄や姉たちが日常的に蓄音機を鳴らしていた。だから、当時の最新流行歌が聞ける環境だったのだと思う。家業で『標準軍歌集』など歌の本も出していたから、レコードは仕事上の資料でもあったのだろう。当時誰でも知っていたヒット曲が「愛国行進曲」だった。

見よ東海の空あけて　旭日高く輝けば
天地の正気はつらつと　希望は躍る大八州《おおやしま》
おお晴朗の朝雲に　そびゆる富士の姿こそ
金甌《きんおう》無欠ゆるぎなき　わが日本の誇りなれ

この歌の出だしの部分は、よく替え歌として「見よ父ちゃんのハゲ頭　いつでもテカテカ光ってる　停電しても怖くない……」と歌われていた。金甌無欠のところは、何となくスケベな感じだった。意味が全然わからなくて、キンだのケツだのという言葉があったからだ。

日中戦争（当時の呼び名で支那事変）はすでに進行中だったから、軍歌もたくさんあった。勇ましいばかりの、あまり面白くないのもあったが、いい曲で、流行歌のように普及した歌もあった。「父よあなたは強かった」は、私も好きな歌だった。

父よあなたは強かった　兜も焦がす炎熱を
敵の屍《かばね》とともに寝て　泥水すすり草を噛み
荒れた山河を幾千里　よくこそ撃ってくださった

この歌の四番の最後には「今日は九段の桜花　よくこそ咲いてくださった」という歌詞があって、戦死してしまったことが私にもわかった。その物悲しさが、きれいな女性歌手の声とともに、この歌の魅力だった。そのようにして男はお国のために死ぬものなのかと思った。もちろん自分の家族にそんなことが起こるとは考えようもなく、どこか遠いところのお話としてなのだが。

元気のよい歌としては「露営の歌」があった。出征兵士を送る行進の定番に使われた歌である。

勝ってくるぞと勇ましく　誓って国を出たからは
手柄たてずに　死なりょうか
進軍ラッパ聞くたびに　まぶたに浮かぶ旗の波

しかし最後は「笑って死んだ戦友が　天皇陛下万歳と　残した声が忘らりょか」と、やはり戦死する歌になっている。当時はそれが常識だったのだ。

野ばら社の『児童年鑑』昭和 14 年（皇紀 2599 年）版。定価 78 銭

第二章　戦争はまだ遠かった

一年生の日記

私の日記帳は、小学校に入る年つまり昭和十五年（1940）の一月から始まっている。記念すべき元日は、「ケフハ　メージジングウヘ　オマイリニイキマシタ。ソシテパパニダッコシテモラッタラ　ヒトガ　アリノヤウニミエマシタ。ソシテカヘリニ　コドモノエイガヲ　ミマシタ。メデタシメデタシ。」と、これで半ページ一日分の全文である。見ての通りカタカナで旧かなづかいだから、今見ても、子供にとってはかなり難しかったのではないかと思う。この教育は、戦後の教育改革まで続いていた。「太郎さんは学校へ行きます」を「タラウサンハ　ガクカウヘイキマス」と書くのが難しかったことは、今でも覚えている。幼稚園へ行かなかった私は、こうした基礎教育を、母から受けていたのに違いない。四月が近づくと、名前を漢字で書く練習を、日記帳の上で何度もしているのがわかる。

四月一日は入学式だったのだろうか、「ケフママト　ガクカウヘイッタ、ボクガイッタトキハミンナキテイタ。センセイガ　オモシロイオハナシヲシテ　ミンナヲ　ワラハセマシタ。」と書いてある。面白いお話の方は覚えていないが、当時は少数だった女の担任の先生が保護者に対して、「子供たちが学校に慣れるまでは、なるべく朝のうちは、子供さんを叱らないでください」というのを聞いて、いいことを言ってくれると安心したのは覚えている。

入学当初から読み書きの学力では問題のない優等生だった筈だが、幼稚園を経験していないし、気の弱い泣き虫で、先生を心配させる子だった。かなり長期にわたって、お手伝いのKさんが登校に付き添って、教室の中にまでいてくれたような気がする。時々振り向いて、Kさんがいるのを確かめた記憶があるのだ。今なら問題にされる特別扱いだが、その辺は母が要領よく頼んだのだろう。

先生を困らせた問題で最大のものは、私がなぜ泣くのかがわからないことだった。しかし私は本人だから、よく覚えている。最大の原因は、おしっこの心配だった。一時間の授業中は勝手におしっこに行けないと思うと、それだけで、がまんできない気分になることが多かったのだ。実際に便所へ行かせてもらっても、たいして溜まってはいないのだが、自由に行けないという心配で頭が一杯になってしまうのだ。そして、あえて声に出して言うこともできず、ただ悲しくなってしまうのだった。

学校生活への適応の面では多少問題があったものの、別段いじめられたこともないし、授業で困ることはなかった。日記を見ると「ボクノヱガ　ニマイ　ハリダシニナリマシタ」などと書いてある。その絵というのは、日記帳にも登場するのだが、戦車や飛行機や軍艦などだったに違いない。子供の絵本でも、それらは絶対的な主役だった。そして自分の家で発行している「ぬりゑ絵本」なども同様だったのだから。

一銭玉の感触

小学校に入る前後に、私は一銭銅貨を使って暮らした記憶がある。近所の駄菓子屋の店先に、「ガチャン」と呼んでいた遊具があって、今のパチンコ機のように店先に何台か並んでいた。ちょうど今の十円硬貨ぐらいの大きさの一銭玉を入れると、今のパチンコ玉に似た小さな鉄球がガラスの向こうに出てくる。それを台の下に突き出ているレバーを操作しながら、さまざまな冒険旅行をさせてゴールの穴へ導くのである。かなり難しいのだが、たまに成功すると景品のアメ玉が出てくるのだった。五回ぐらいやると成功が見込めるから、母にねだって一銭玉をいくつ貰えるかが勝負だった。ポケットにジャラジャラ入っていると、豊かな気分だった。

いま考えると、一銭で今の十円よりもずっと価値はあったのだ。ゲームが一回できる今の最低価格は、百円ではないだろうか。だから五十銭銀貨を一枚持つことは、子供の世界ではオールマイティーだった。菓子でも学用品でも何でも買えたが、お年玉を郵便局へ貯金しに行くときぐらいしか、子供が勝手に使えるものではなかった。重量感ある銀色の縁にはギザギザがついていて、俗に「ギザ」と呼ばれていた。貨幣としての品位の上からも、戦前の安定期を代表する硬貨と言われている。

私たちが育った時代に、一銭は通貨の最小単位になっていた。しかし考えてみると、これは現在の五十円玉ぐらいが最小単位だったことになるから、細かい計算に不便はなかったのだろうか。もちろん一銭の十分の一の「厘」という単位はあったのだが、五厘や一厘の貨幣を見たことがないのだ。わずかに「半銭」と刻印した大きな銅貨があったが、すでに使わない古銭の扱いで保存されていた。父は自分の育った頃には十個で一銭の「一厘菓子」があったなどという話をしていたが、少年時代の明治の通貨の話は、あまり聞いたことがない。明治二十年代の巨大な一銭銅貨などを見ると、明治年間に十倍程度の物価騰貴があったようなのだが、その頃のことを知る人は、もう残っていないのではあるまいか。とにかく大正から昭和初期には、一銭は事実上の通貨の最小単位だった。

これに関連して「兵隊の値段は一銭五厘だった」という俗説がある。徴兵通知のはがき一枚の価値ということなのだが、昭和十二年から、はがきは一枚二銭だった。さらに召集令状の「赤紙」は封書で配達されたのだから、本当は四銭ということになる。いずれにしても、安価に集められたことに違いはないけれど。

子供の世界に、基本的に紙幣はなかった。ニッケルで穴のあいた十銭硬貨と、たまに手にする五十銭銀貨が限界である。それでも高い方では百円札が存在していた。夕食の後で、父が見せてくれたことがある。大きく立派で、百円と言えば、私にはほとんど無限大と同じだった。当時の給与水準としても、高級給与生活者の月収に近かった筈である。

紀元二千六百年

昭和十五年（1940）は皇紀二千六百年に当っていた。本来はこの年に東京でオリンピックと博覧会がある筈だったのだが、中国と戦争を始めてしまい、孤立して欧米諸国との関係も悪化したため、いずれも中止となった。しかし国内の行事は盛大で、橿原神宮の整備や、八紘一宇の塔の建設などが行われた。八紘一宇の塔は宮崎市の平和台公園にあり、戦後は「平和の塔」と改称されているが、八紘一宇とは世界を一つの家とする思想であり、神武天皇即位の際の勅語に基づいている。また、東京築地の勝鬨橋《かちどき》も、この年に合わせて完成した。

もちろん小学一年生の私は身の回りのことしかわからなかったのだが、何となく新しいことが次々に起こる活気は感じていたと思う。前に触れた『建世新聞』も、日記を調べたら、この年の八月四日に創刊されていた。「コレカラトキドキ　コノシンブンヲ　ツクラウトオモッテヰル」と、意外に「社長」の自覚を持っていたようだ。ちなみに、私が生まれる前年の1932年に大陸では「満州国」が建国されている。「お前の名は、建国よりももっと大きくなるように建世にした」と、父から聞かされたことがある。

この時分のことを思い出させてくれるのは「紀元二千六百年」の歌である。

金鵄《きんし》輝く日本の　はえある光身に受けて

今こそ祝えこの朝《あした》　紀元は二千六百年
ああ一億の　胸は鳴る

この歌には、すぐに次のような替え歌ができて、広く流行していた。

金鵄あがって十五銭　はえある光三十銭
今こそあがるこの物価　紀元は二千六百年
ああ一億の　金が減る

「金鵄」と「光」はタバコの銘柄で、当時五割の値上げでこの値段になったのだ。物資の不足とともに、タバコはぜいたく品だという政策もあったのだろう。

紀元二千六百年の式典は、十一月十日に行われた。この日に花電車を見に行って、その後で旗行列に参加したことが日記に書いてある。屋根を外した市電の台車にきれいな花飾りをつけ、神話の人形などを乗せた電車が、何台も並んでゆっくりと通って行ったのを、ありありと覚えている。その前日にあった学芸会では、姉が「浦安の舞」というのに出演した。神社の巫女さんのような衣装と冠をつけ、鈴のついた剣を右手に、左手で扇を顔の横にかざしながら静々と登場した姉は、美しかった。とにかく、おめでたいことが続いていたのだ。大人の世界はいざ知らず、私たちは、いい国のいい時代に生まれ合わせたと信じていた。海の向こうの戦争さえも、あこがれを誘う活劇でしかなかった。

戦争前夜の日独伊三国同盟

紀元二千六百年の昭和十五年には、日独伊三国同盟も結ばれている。ヨーロッパで第二次世界大戦を引き起こし、勢いよく戦線を拡大していたナチス・ドイツと、ムッソリーニ独裁のイタリアと軍事同盟を結んだのだから、これは日本が欧米諸国と、はっきり対立する立場をとったことになる。ここで日本の運命も決まったのだが、当時の雰囲気は、ひどく前向きだった。ドイツは強くてかっこうのいい国ということになり、ヒットラー・ユーゲントの少年たちが来日して、右手を前に伸ばす「ハイル・ヒットラー」の敬礼が有名になったりした。

当時の新聞などに、よく「ABCD包囲網」という解説入りの地図が出ていた。Aはアメリカ、Bはイギリス、Cは支那、Dはオランダの頭文字で、この四国が日本を狙っていると、危機感をあおるものだった。日本が「東亜新秩序」を作ろうとしているのに、邪魔をする国がある。この包囲網を破るために、ドイツ、イタリアと同盟して、世界の新秩序を作るという文脈だった。だから九月に三国同盟が結ばれたというニュースは、国民的な祝賀行事のように受け取られた。

私の家族がこの国際情勢をどう見ていたのか、小学一年の私にはわかる筈もないが、父が支那事変のことを「隣の家で暴れておいて、相手に謝らせようたって、無理なことだ」などと、親しい客人に言うのを聞いたことがあるから、それなりの批判があったのかもしれない。当時の私の日記にも、関連するものは何もなく無視している。ただ、すぐ後の十月一日に国勢調査があったと書いてある。これによって翌年に確定した日本の総人口は、一億五百二十二万九千人になっている。もちろん朝鮮、台湾も含んでのことだが、一億人を突破したというのも、明るいニュースだった。「一億一心」などと、何かにつけて「一億」が強調されるようになった。

ところが同じ十月一日から大規模な防空演習が始まっている。学校へ行ったら運動会の練習の予定だったのが中止になり、避難訓練をして、昼の弁当を食べて帰ってきたと日記に書いてある。避難訓練とは、右手で左手の肘を握り、前の人を押さないように気をつけながら列になって歩くことだった。教室から運動場へ出て、あとはコース別に家に帰る練習をしたのだと思う。空に飛行機が宙返りしていたとも書いてあるから、空中戦の訓練もしたのだろう。

翌日には三機編隊の爆撃機が飛んできて、戦闘機と空中戦をするのが見えたと書いてある。子供には、わくわくするような見ものだったことだろう。その翌日には、内務省へ出版物の検閲を受けに行った母が、帰りに警視庁前で訓練の空襲警報にあい、四十五分も避難させられたという記述がある。軍民あげたこの防空演習は五日まで続いた。学校の運動場に七発の爆弾が落ちたと日記にあるのだが、実際に模擬爆弾を落としたのか、あるいは落ちたと想定したのだろうか。ともかくこの時期の防空演習は、まるで現実感のない遊びのようなものだった。防空頭巾も防空壕も、まだ作られてはいなかった。

隣組と回覧板

昭和十五年（1940）にはまた、隣組が「国家総動員法」に基づく住民組織として正式に発足している。町内会の下部組織として、物資の供出、防空対策、情報伝達など、後には配給受け取りのために、十軒程度を単位としてまとめ、互選で組長が決められた。私の家は、選挙すると組長に選ばれることが多かった。近所づきあいは従来からあったのだが、それが制度化されて、国民の情報管理、相互監視の機能もあったとされている。

この隣組を象徴するものが、薄板または厚ボール紙にお知らせの書類を挟んだ「回覧板」だった。回覧される書類の上部には判を押す欄があって、各戸は読んだ証拠に印を押すかサインをして、次へ回すのだった。これは子供の役目になることが多かったから、私もよく回覧板を持って近所の家へ行った。簡単なお知らせのときは、目の前で読んでもらって、その場で判をもらい、次から次へと一回りしてしまうこともあった。「えらいわねえ、ご苦労さま」などと言われるから、晴れがましい役目でもあった。

この隣組の宣伝用に作られた「隣組」の歌（岡本一平作詞・飯田信夫作曲）は、明るくはずむようなメロディーだったから、よく歌われて、いろいろな替え歌にもなった。

1　とんとんとんからりと隣組　格子を開ければ顔なじみ

廻してちょうだい回覧板　知らせられたり知らせたり

2　とんとんとんからりと隣組　あれこれ面倒味噌醤油

ご飯の炊き方垣根ごし　教えられたり教えたり

3　とんとんとんからりと隣組　地震や雷火事泥棒

互いに役立つ用心棒　助けられたり助けたり

4　とんとんとんからりと隣組　何軒あろうと一《ひと》所帯

心は一つの屋根の月　纏められたり纏めたり

隣組の中には、私の同学年生だけでも四人いた。だから学校からのお知らせで、本来は友だちにだけ知らせればいいものまで、私が勝手に回覧板にして廻してしまったことがある。それでもその日のうちに全部の家の判が揃って戻ってきたのを覚えている。組長の息子の、小さな職権乱用だった。

隣組では、一月に一回の「常会」があって、近所の人たちが私の家に集まり、父が座長になって話し合いをしていた。父は強情なところのある人だったから、ときには反発する人もいたようだ。近所一帯の地主だが夫と死別して、ちょっと欲深いと言われていたおばあさんがいたのだが、「女だけの所帯に不公平だ」と、珍しく食い下がっているのを見たことがある。防空演習の人手の割り当てなど、組長の権限はかなり大きかったのである。

小学校から国民学校へ

波乱含みの昭和十五年が暮れて昭和十六年（１９４１）になると、四月から小学校は国民学校と改称され、私はその二年生になった。学校の名前が変ることがとても大事なことに思われたようで、漢字で「瀧野川国民学校二年一組」と、日記帳には大きな字で何度も書いてある。そして日記を書く文字も、二月からカタカナではなく「ひらがな」に変っている。それと同時に、筆記が鉛筆から万年筆へと変っているのだ。消しゴムが使えないから書き直しは多くなるのだが、漢字の使用も増えてくるので、文面は読みやすくなってくる。二年生に万年筆は早すぎると思うのだが、これには理由があった。

父は筆記用具には凝っていたから、常に最高級品を求めていた。そして子供たちにも、ドイツ製のペリカン万年筆を一本ずつ順に与えていた。輸入品が入手し難くなることを見越して、私の分も買ってあったのだろう。それをなぜか二年生になる私に使い始めさせたのだ。渡されるときに、きつく言われたことがある。万年筆は、決して人に貸してはいけない。自分の手になじんでクセがつくから、他人に使わせると調子が悪くなるというのだ。この言いつけを、私は成人するまで厳格に守ったと思う。やや大げさだが、武士が父親から刀を賜ったような心境だった。結局この一本の万年筆を私は大学を卒業し社会人になるまで使いつづけたのだから、一生ものになった。インクを吸わせるのはもう無理になったが、今でもつけペンとしてなら使える。

それと、一年生になるときに皮製の筆入れを買って貰った。縦長の上部を開いて鉛筆でも消しゴムでも何でも入れる簡単な構造だったが、これを私は大学を卒業するまで十六年間使い続けた。途中で縫い目が破れたが、自分で糸と針を使って無骨に縫い直した。戦時中は物不足だったこともあるが、使えるものは直しながら最後まで使い切るという思想は、家の中に徹底していたと思う。父母も貧乏で苦労した時代があったからだろうが、経済的に豊かになってからも、子供たちにぜいたくをさせなかったのは偉かったと思う。

年表を見ると、二年生になった四月から、米の配給制が始まっている。町の米屋さんが「米穀配給所」となり、各戸に米穀通帳が配布されて、米は統制品になった。当初は昔からの得意先は大事にされていたようだが、「だんだん米屋が威張るようになってきた」というグチを、母から聞いた記憶がある。町の商店の店先から、いろいろなものが消えて行ったのも、この頃のことだったと思う。菓子屋の前などに「先着○名様、一人○個まで」といった貼り紙が出て、行列ができたりする風景が、珍しくなくなってきた。並んでいた下の姉が「子供はダメ」と断られて、泣いて帰ってきたことがあった。

担任の先生は、男の先生に替わった。国語教育に熱心な人で、詩人でもあった。生徒が私語やよそ見をすることに対しては、ことのほか厳しく、新しい緊張感の新学期だった。

いろいろな大人たち

二年生の日記は大半が「……をしました」という学校や身辺のささいなことの記録だから、たいした中身があるわけではない。ただ、時々出てくる人の名などで、当時の大人たちの様子が思い出せる場合がある。たとえば学校のことを書いた最後に「それから先生のタバコを買いました」という記述が出てくる。居残って何か手伝いでもした最後に、先生から頼まれてタバコを買うお使いに行ったのに違いない。全く記憶にはないのだが、当時は先生も生徒も、何の疑問もなしに頼んだり頼まれたりしたのだろう。今だったら、親たちが問題にするかもしれない。しかし当時の私なら、先生の役に立つことが、むしろ嬉しかっただろうと思う。

この先生は情熱家だったから、怖いこともあるけれど、私は心から尊敬していた。ただし天皇陛下のために勉強するというような、国策に忠実すぎるところがあって、だらけている生徒を立たせて「それで天皇陛下の赤子《せきし》になれるのか！」と怒鳴りつけたりすることがあった。そんなときは、先生の怒りの激しさを恐れながらも、先生の精神状態が少し心配でもあった。

親戚でも、ちょっと気になる人がいた。おみやげを持ってきてくれる、いいおじさんだったが、憲兵の将校だった。大陸でいろいろな苦労をしてきたのだろうが、父母に会うと気持が楽になるのだろう、うっかりしゃべれないような打ち明け話もしていた。衝撃的だったのは見せてくれた現場の写真で、日本兵が切り離した中国兵の生首を、耳をつまんで片手でぶら下げている記念写真なのだ。姉たちは怖いもの見たさでキャーキャー言っていた。父と雑談しているのを横で聞いていると、スパイ容疑で捕らえた中国人を、拷問して殺す話をしている。「結局みんな殺しちゃうのか」「まあ、そうですねえ」といった調子だった。中でも強烈な印象が残っているのは、女を裸にして、水道のホースで叩くという話だった。子供に聞かせる話ではないと思うのだが、おじさんにしてみれば、手柄話の一種だったか、あるいは人に話すことで、少しは気持が楽になるところがあったのだろうか。写真を見せたりしたのは、秘密情報を明かすサービスのつもりだったのかもしれない。

いま考えると、おじさんは無警戒・無神経に過ぎたと思う。しかし当時の立場を考えると、憲兵将校は怖いものなしの権力者だったに違いない。その驕りが、世話になっている親戚の家では、知っていることをすべてぶちまける態度になったのだろう。打ち明け話の中に、少しでも贖罪の気持が入っていたことを、私としては祈るしかない。

日記には「〇〇さんがきました」と一行書いてあるだけである。こんな話は、友だちにもしたことはないが、親から特に口止めもされなかった。その後終戦時に満州にいたその人は、ついに帰ってこなかった。「あの人は絶対にダメだよ」と誰もが言っていた。奥さんと、かわいい男の子が残った。

戦前最後の夏休み

昭和十六年、二年生の夏に、私は千葉県の親戚の家へ行き、八月十六日から月末まで滞在している。行きは母に連れられて、病弱だった長兄も同行したようだ。私も体は丈夫な方ではなかったから、避暑を兼ねて健康増進によいと思われたのだろう。母は一泊ぐらいで帰って、あとは途中で父が様子を見に来たり、姉たちも現れたような気がするのだが、くわしいことはわからない。親がいないから安心したのか、五日目から日記をサボって書いてないのだ。しかし淋しかった記憶はなく、楽しい思い出の方が多かった。

その家には同い年の女の子Yちゃんと、その姉の高学年生がいた。横芝からバスに乗って行く、海に近い蓮沼という部落で、小川を一本越えるとすぐに九十九里の海岸だった。着いた当日から、何度も海へ行って遊んだ。東京から来た客人ということで、私たちは大事にされた。Yちゃんは私の相手役が仕事のようになって、すぐに仲よしになった。先方の親としては、都会の子といっしょにしておけば、娘の勉強にも役立つと思ったのだろう。私も村の中では地元の子供たちの好奇の目を集めるから、Yちゃんが傍にいてくれると安心だった。Yちゃんも少し得意だったかもしれない。

なにしろ肌は白いし、きれいなパンツをはいて浮き輪を持っていたりするから、私はどこにいても目立つのだ。家から持っていった潜水艦の玩具は、三越で買って貰った高級品だったが、川に浮かべてみた初日に地元の子供たちに取り囲まれ、「ちょっとやらせて」「うんいいよ」と人手から人手に渡っている間に、たちまち壊れてスクリューが動かなくなってしまった。そんなこんなで、とまどいながらも、私はだんだんに地元の子供たちのような、たくましい遊び方を覚えたような気がする。家から素足のままで海へ行くようになり、沖へ出て波に揺られるのに浮き輪は要らないし、シャベルがなくても砂山は作れるのだった。

近くに軍の飛行場があるとかで、海岸の上空では、中型機が引いていく赤白の吹流しを標的にして、平行して飛ぶ飛行機が射撃の訓練をしていた。時々鋭い音がして煙が走ったから、実弾を撃っていたのだろう。しかし戦争の気配はそんなものだけで、毎朝の地引き網には、子供たちも手伝いに参加した。浜の男たちは、ふんどしさえ着けていない人が多かった。綱引きを手伝うと、帰りに小さな魚を貰えることもあった。

田舎の生活で、蛙が蛇に呑まれる現場を見たり、芋の葉の露を集める面白さも経験した。それでも母が「都会の匂い」とともに迎えに来てくれたのが嬉しかったことは覚えている。半月の滞在で私はずいぶん丈夫になった。秋の運動会では、徒競走でその組の一着になって、誰よりも自分が驚いた。Yちゃんとの間には、それ以来独特の親しさが続いていて、今でも夏のお盆には、いっしょに千葉の田舎へ行く相談が持ち上がったりする。

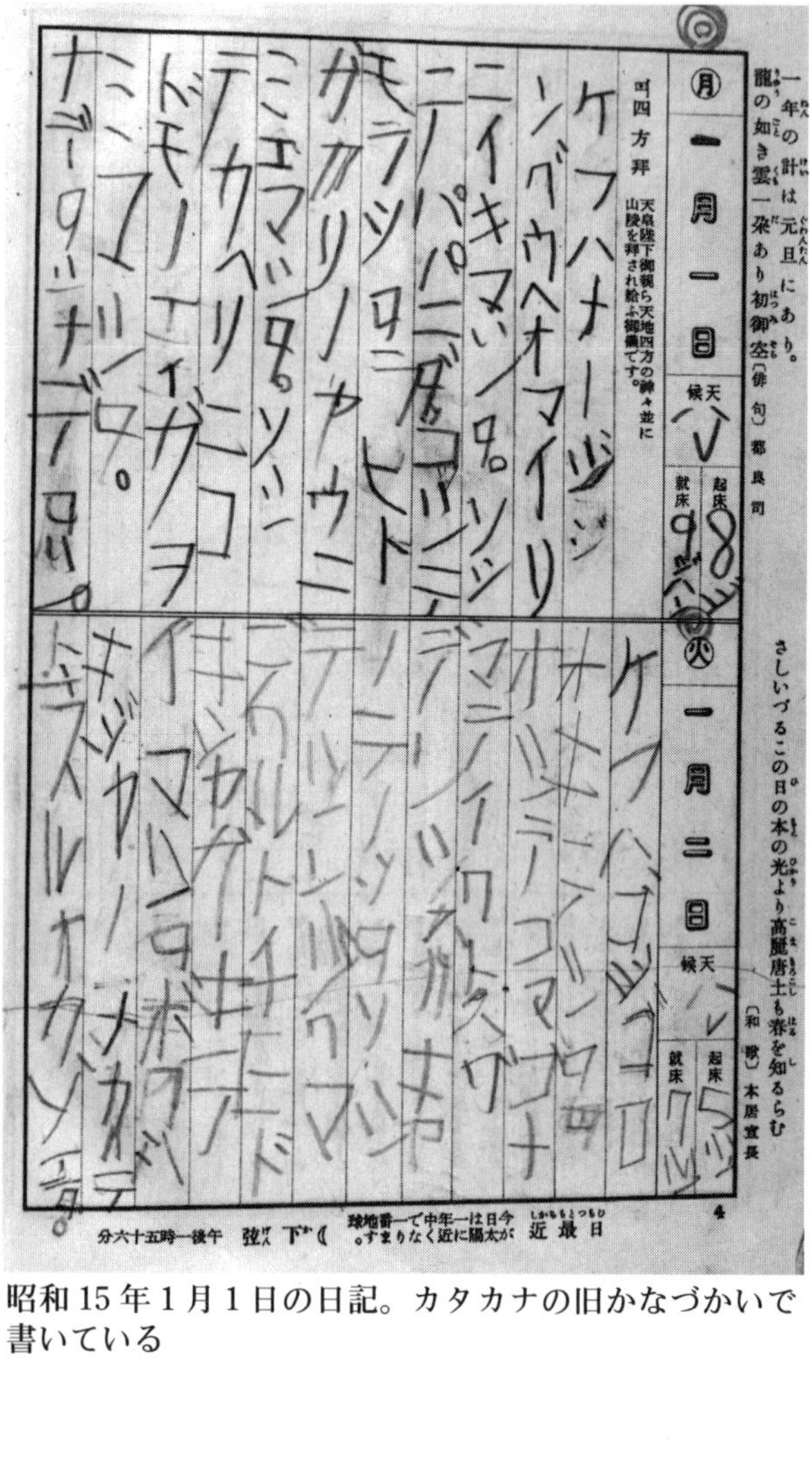

昭和15年1月1日の日記。カタカナの旧かなづかいで書いている

第三章　戦争が始まった

強まる戦時色そして開戦

昭和十六年（１９４１）の秋から、学校でも空襲対策が本格化してきた。近所の聖学院の土のグランドに木造の家を建て、その中で焼夷弾を燃やす実験があって、見学に行ったことが日記に書いてある。黄燐弾とエレクトロ弾の二種類があって、黄燐弾の方は花火のようだった。エレクトロ弾の方が火力が強そうだったが、屋根が少し焦げるぐらいのところで、みんなで砂や水をかけて消していた。その頃に出た「なんだ空襲」というレコードでは

　焼夷弾なら慣れっこの火の粉だよ　最初一秒濡れ蓆《むしろ》　掛けてかぶせて砂で消す

と歌っていた。焼夷弾とは、一発落ちたものを、大勢かかって消すという前提だったのだ。本当の空襲がそんなものでなかったのは、言うまでもない。

　十月の半ばには、ガスが少なくなったので、風呂の釜が練炭になったという記述がある。しかし「ぬるいので、お風呂やさんへ行きました」というようなことになり、間もなく薪で焚くことになって、私は頻繁に薪割りや風呂焚きを手伝うようになった。都市の生活は、この頃から「文明開化」ではなくて「先祖返り」を始めるのだ。それでも悲惨な印象があまりないのは、親たちも不便な時代のことを、よく知っていたからではないだろうか。私の風呂焚きも、けっこう楽しかった思い出でしかない。出版屋だから、ふだん焚き火でゴミ処理していたくらいで、燃やすも

のは、いくらでもあったのだ。

当時「帝国政府」は、アメリカを相手に最後の交渉をしていた筈だが、小学生が知るわけもない。時々は銀座へ行ってデパートで買い物をしてきたというような話が、日記には続いている。そして十二月八日の朝になった。

目をさますと、家の中が妙に騒がしかった。ふだん無口な長兄が「米英両軍と戦闘状態に入れり」と、興奮した様子でラジオの言葉をくりかえしてくれた。みんながラジオのある部屋に集まっていた。私は臨時ニュースそのものは聞けなかったが、ラジオからは、勇ましい音楽が流れていた。父は「大変なことなんだよ」と言っていたが、その調子は、むしろ元気がよかった。しかしその後は、いつもと同じ朝になった。落ち着いて、いつもと同じように行動するのが、よいことのように思われた。当日の日記にも「先生が、今日、日本とアメリカとイギリスとのせんそうがはじまったといひました」と書いてあるだけである。全校生徒が集まって、宣戦の勅語を聞くというようなこともなかった。先生たちにも、事前の情報は何もなかったのだろう。

その日の夕方は、威勢のいいニュースばかりが続いていたのだろう。ラジオの「こどもの時間」がなくなって、ニュースがいっぱいでうれしい、だけどつまんないと、日記にある。翌日九日には、初めての警戒警報が発令された。長く響くサイレンが、非常事態の緊張感を運んできた。それから数日の間、日記帳の余白は、軍艦や飛行機が火を吹く戦争の絵で埋まっている。

昭和十七年版の『児童年鑑』

日米開戦は、家業の野ばら社にとっても大事件だった。例年『児童年鑑』は十二月中に発売されるのだが、この大ニュースを反映させないと昭和十七年版の価値がないと思ったのだろう。父は発行日を一月二十五日に延期して「大東亜戦争」関連の資料を特集として追加している。それは元新聞記者の本能とも言うべき使命感だったことだろう。この昭和十七年版は、戦前の年鑑発行の最後になった。翌年からは、内務省から不要不急の「参考書」であると判定されて用紙の割当てを受けられず、休刊に追い込まれたのである。だからこの年の年鑑が、戦前における青少年教育資料の集大成になっていると、私は考えている。

まず、トビラの次の見開きに、天皇、皇后の「ご真影」が現れる。しつけのよい子供なら、ここで本に向かってお辞儀をすることになる。天皇の写真の下には、国歌「君が代」と並んで大日本帝国憲法の第一条「大日本帝国ハ、萬世一系ノ天皇之ヲ統治ス」が掲げてある。皇后の下にあるのは、天照大神が下したとされる「神勅」で、「豊葦原《とよあしはら》の千五百秋《ちいほ》の瑞穂の国は……」で始まり、天孫つまり代々の天皇が日本の国を統治することの根拠を示している。

皇室に関する記事は最優先で、目次の前に纏めてあり、宮家をはじめとする皇族の一覧も出ているのだが、注目すべきは、「王族及び公族」という区分があって、旧韓国の王、李氏の子孫も「平民」ではない敬意を受けるべき人たちとして扱われていることである。建前としては「日韓併合」は主権国家の合意による合体だから、吸収された会社の経営者が役員として残るように、旧王族も皇族に準じる地位を与えられていたのだろう。

口絵の図解部分では、陸軍の軍管区や海軍の海軍区が、日本地図を色分けして説明されているのが時代を感じさせる。軍司令部や師団の所在地など、軍事情報は豊富だが、その中に「戦陣訓」の全文が掲載されているのには驚く。もちろん「生きて虜囚の辱めを受けず」も入っている。軍人の心得を説いた訓示が、青少年の規範として掲載されているのだ。あの父でも、ここまで時代に迎合していたのかと、暗然たる気分になる。

だが編集後記は、舞い上がるほどの高揚感に満ちている。「こんな偉大なる日は、一生のうちに二度とあるものではありません。否、何百年に一度しかない、皇国二千六百年を通じて最大の日であるかもしれません。……少年少女は、大きくなってからでいい、そんな戦争では、断じてないのです。……学校では勉強が、運動が、すべて戦争です。敵国を撃滅する真剣勝負の戦争です。……アジア十億の同胞の指導者として、立派な実力者にならねばならない。……」

アメリカ太平洋艦隊は、一日にして全滅した。連戦連勝で日本軍の進撃は止まるところを知らない。この戦争も、勝つに決まっている。一時的にせよ、そんな楽観的な気分があったことは、否定できないと思う。

東京初空襲

昭和十七年（1942）の四月十八日、三年生になったばかりの私は、朝から警戒警報が出ていたので家にいた。日記によると十二時半ごろのことだが、以下のことは鮮明に記憶している。

突然、北の方角つまり滝野川台地の北側に当る工場地帯の方で、大きな爆発音がした。私は空に何か見えるかと庭に出てみたのだが、その直後に、聞き慣れない金属音とともに、双発の飛行機が一機、頭上を通過した。庭木の梢がざわめくかと思うほどの超低空で、両翼には白い星の中に赤丸を入れたマークが、くっきりと見てとれた。「変な飛行機が通ったよ」と父と兄に言って、急いで図鑑を調べると、まさしくアメリカ軍機のマークだった。それから花火のような高射砲弾の炸裂音が十発ほど聞こえた後で、ようやく空襲警報のサンレンが鳴り始めた。

これは連戦連敗のムードを挽回するために、アメリカ軍が空母ホーネットから十六機の爆撃機B25を片道攻撃で発進させた、日本本土に対する最初の空襲だった。この想定外の攻撃に、監視哨は低空を分散して侵入する敵機を発見できず、あわてて舞い上がった防空戦闘機も、高く上がりすぎて敵と遭遇できなかった。被害そのものは大きくはなかったが、虚を突かれた大本営（戦時の最高指導機関）は、「我が方の損害は軽微なり」と発表した最後に「なお、皇室はご安泰なり」と付け加えた。これをラジオで聞いた父は、「なんてバカな発表をするんだ。皇室が心配なほどの大損害があったと思われるじゃないか。」と激怒していた。

　軍部は中国大陸の日本軍支配地域に不時着したアメリカ機の残骸を取り寄せて「撃墜米機展示会」を開いたりして体面をつくろったのだが、防空作戦の難しさに衝撃を受け、その焦りから、やがてミッドウェイ作戦を企画した。この作戦の失敗で空母艦隊壊滅の大打撃を受け、日本軍の優位は終るのだが、私たちがそれを知るのは戦後になってからである。

　三年生のときには、よく軍人さんが学校へ来て講演会をしていた。全校生徒が集まって、マレー半島で活躍した自転車部隊の話を聞いたことがある。次々に敵の戦線を突破してシンガポールに入るまでの戦闘を、現場指揮官クラスの人が、講談でも語るように上手に話してくれた。時々声をひそめて「この戦闘で、われわれの隊からも戦死者が出ました」などと言うこともあるが、そんなのは印象に残らなくて、覚えているのは、こんな話である。占領地にイギリス人の工場があると接収して軍が管理する。どこかで乾しぶどうの工場があって、そこへ行った兵隊は、帰りにポケット一杯に乾しぶどうを詰め込んで来たというのだ。乾しぶどうは、当時は夢のような高級品だから、戦争に行くと、そんなに楽しいことがあるのかと思った。

　教室の壁には大きな世界地図が貼ってあって、日本軍が占領した所には、小さな日の丸を立てることになっていた、そして特大の日の丸も用意してあって、それは日本の勝利で戦争が終ったときに、中央に貼ることになっていた。

戦争と国民生活

太平洋戦争の経過を年表で見ると、日本軍の攻勢は開戦から半年の間であったことがわかる。昭和十七年（１９４２）六月のミッドウェイ海戦で戦力の優位を失い、八月にはソロモン群島ガダルカナル島の戦闘が始まっている。これが日本軍の進出した東の端になった。戦況をマクロで見れば、連合国の準備不足に乗じて短期間に南太平洋と東南アジアの広大な地域を占領したものの、あとは消耗戦で国力を衰えさせ、敗戦に向かって行ったという単純な構図になる。

その中で、三年生の私にとっての昭和十七年は、まだまだ余裕があった。夏休みには、前年と同じ千葉の海へ行っている。村の様子も平和なままで、自転車にアイスキャンデーの箱を積んで、チリンチリンと鈴を鳴らしながら売りにくるおじさんもいた。夜になれば花火を買ってきて庭で遊んだ。お盆になると、藁で作った馬を引いて、朝早くからYちゃんと近所を回ったりもした。夏休みの後半には、兄や姉たちといっしょに湯河原の旅館に長期滞在までしている。米は配給制で、米の持参か外食券が必要だった筈だが、親は子供にそんな心配はさせなかった。温泉街の夜店のにぎわいは楽しく、私は弓道場で弓を覚えて、兄と競い合ったりしていた。

秋になると、日記帳に、お菓子の配給のことが出てくる。配給は、不足する物資を公平に分配するための制度だから、無料ではない。公定価格で買える権利が与えられるということだ。物が統制されて公定価格が決まると、自由に買うときの値段は高くなる。これがヤミ価格で、公式には禁止なのだが、いろいろなものに公定とヤミと、二重の価格がつけられることが多くなった。だから配給があれば辞退する人はいない。ヤミでもっと高く売れるからだ。

資料によると、この年から調味料、マッチ、タバコ、衣料品、肉、野菜など、ほとんどすべての生活必需品が統制品になっている。「こんなバカな制度はない」と父は怒っていた。「砂糖だのタバコだの、要らない者にまで配給するから物が足りなくなって値段が上がるんだ」と。それにも一理はあったと思う。コンピューターもない時代に、これで円滑な物流ができたとは思えないし、官民の癒着や、利権・汚職なども多発しただろうと思う。日記に「今日はキャラメルが二個配給になった」などと書いてあるのを見ると、そこまで国民の生活の面倒を見るのでは政府も大変だったろうと、妙に同情したい気分になる。

そんな混乱が繰り返される間に、町のお店で買えるものがどんどん少なくなっていった。母は要領のよい人だったから、昔からの信用で、統制品をヤミで買ってくるのが上手だった。子供たちの靴下や下着類、ノートや鉛筆なども、「あるうちに買っておく」と、まとめて買ってきた。当時、とても悪いこととされていた「買いだめ」である。

やがて十二月八日の「大詔奉戴日」(宣戦の詔書が出た記念日)がめぐってきた。開戦一周年の式典があり、生徒は全員が一人十銭の献金をしたと日記に書いてある。

厳しくなる戦局と生活

昭和十八年（1943）になると、良くないニュースが続いた。二月にはガダルカナル島の日本軍が、「他の方面へ転進せしめられたり」という発表があった。苦戦の様子は知られていたから、本当は退却したことは子供にもわかった。この後しばらく、都合が悪くなると「我が方は転進せり」と言うのが流行した。同じ頃にドイツ軍がスターリングラードで大敗し、二十万が壊滅したというニュースがあった。四月から国民学校四年生だから、私の日記も新聞などの情報も入れた、記事らしいものになってくる。ただし事実を書くだけで、評論にはなっていない。

四月になると、連合艦隊司令長官の山本五十六大将が戦死した。国葬が行われて元帥になった。五月にはアリューシャン列島のアッツ島（日本名は熱田島）の守備隊が全滅して、「玉砕」の最初となった。イタリアではムッソリーニが失脚して、日独伊三国同盟の一角が崩れた。年の後半になると、マキン、タラワ島の玉砕など、アメリカ軍の反攻が本格的に始まったのが明らかになってきた。しかし新聞発表の上では、敵艦撃沈何隻、敵機撃墜何機などと、まるで勝ったような記事が続いていて、私の日記も、それらをなぞっているだけである。

学校では新任に女の先生が多くなった。夏休みに行った千葉では、学校の先生が出征で生徒に送られて行くのを、Yちゃんといっしょに見に行った。先生は赤い襷をかけて、元気に挨拶していた。秋になると学校では、農園づくりや防空演習に時間をとられることが、ますます多くなった。私の担任は体操が得意で歌も上手なスマートな先生だったが、学校の便所から糞尿を汲み出して、リヤカーに乗せて生徒といっしょに運んだ。公園の一部をつぶした学校の農園まで、電車通りを引いて行って肥料に撒いたのだ。それでもこの頃までの学校は楽しかった。プールの水泳もあったし、教えてもらった戦時歌謡などは今でも覚えている。

学校の防空壕は、木造校舎の床下に掘られていた。運動場がアスファルトで固められていたからだろうが、校舎が壊れても燃えても危険きわまる場所になる。それでも当時はまだ、防空壕とはそんなものだと思われていたのだ。訓練で生徒がもぐり込むと、服に泥がついて困った。

当時の日記を読んでいたら、お菓子や学用品、洋服などは、学校を通して配給されていたことがわかった。お菓子の配給がある筈だったのに、今月も取りやめになった、などと書いてある。学級に二着しか来なかった上下揃いの洋服の配給が私に当ったので、洋服屋さんへ行って作ってもらったという記述もある。生地を使う許可証のようなものだったのだろう。

その他、学校で戦地へ送る手紙を書いたとか、図画や習字も集めて送ったというようなことが、頻繁に出てくる。中には「工場で働く産業戦士に手紙を書く日」もあった。家の身の回りでも、出征した親戚の人たちや、元社員だった人たちとの手紙のやりとりが多くなった。隣家の、美術学校に通っていた人気者のお兄さんにも、召集令状が来た。

学童疎開に行く

昭和十九年（1944）の一月には、学校で耐寒訓練というのを、よくやっている。寒中マラソンのことだが、職員室にだけストーブが入っているので、みんなが怒って煙突に石を投げる者もいたと、日記に書いてある。当時の冬は寒かった。家の中にも小さな火鉢以外の暖房はなかったから、霜焼けでふくれ上った手の甲は、春になるまで治らなかった。

五年生になった六月には、アメリカ軍がサイパン島に上陸した。この頃の戦況説明のきまり文句は「敵は物量に物を言わせて……」であり、「わが方は必勝の信念で……」だった。大本営発表では、日本の連合艦隊はほとんど無傷でいる筈なのに、アメリカ軍がどんどん攻めてくるのが不思議だった。

この夏には、東京への空襲は必ずあるということで、学童の集団疎開が決定した。この段階では任意の申し込みだったが、私は修学旅行に行くような感覚で、行ってみたいと申し出た。行き先が沼津の海岸で、そこまで列車に乗れるのも魅力だった。父母は私に集団生活を経験させるのも良いことだと思ったのだろう。案外簡単に許可してくれた。

昭和六十年に発行された『静浦疎開学園ものがたり』によると、参加したのは四年と五年生の約六十名で、モデルケース的な意味合いもあったようだ。私たちは男女混合だったが、後には男女が別になる集団疎開が多かったらしい。空襲はまだ始まっておらず、それほど切迫感はなかったのだが、学校の先生としては、大勢の生徒を丸ごと生活させながら教育するというのは、ノウハウもわからない全く未経験なことだった筈である。とくに食べたい盛りの子供たちに、「食い物の恨み」を感じさせないで育てるのは、至難のわざだったに違いない。

疎開先は沼津市静浦獅子浜の本能寺で、夜は本堂の大広間にふとんを並べて寝た。昼は同じ場所に座机を並べて勉強である。先生が男女の各一名、地元の寮母が四名ほどで世話をしてくれた。親のいない生活には慣れているつもりだったが、腹が減るのには弱った。東京では威勢のよかったガキ大将が、見る見る元気を失くしていった。この期間に、残念ながら私の日記は残っていない。別な薄いノートに書いていたのだが、それが紛失しているのだ。ただ、じっと耐えるだけの生活だった印象は残っている。海岸に出ると、東京の方角はどっちだろうと考えながら山を見た。いつか終るには違いないが、終りが予想できない毎日だった。

中間で様子を見に来た父は、「子供たちが異様におとなしくて四人を見るようだった」と、後に語っている。そこで父は判断をしたのだろう、数日のうちに母が迎えに来た。私の体に吹き出物が多く出ていたので、その治療をするというのが理由だった。こうして私の集団疎開生活は一カ月あまりで突然に終ってしまった。寺の門を出るとき、「いいな、いいな」と羨む友人たちの視線が、刺すようにいつまでも追ってきた。

貧しくなった食卓

集団疎開から帰って、またもとの家の生活に戻れると安心したのだが、家の中の様子は、わずか一カ月あまりの間に変っていた。まず、毎度の食事が目に見えて貧しくなっているのに気がついた。夕食のおかずが一品だけなどということは以前にはなかったのに、たとえばコロッケならコロッケだけで、後は味噌汁だけというようなことが多くなった。社員も帰郷して出征したり、徴用で「産業戦士」になって軍需工場に動員されたりで、ほとんどいなくなっていた。お手伝いさんたちも帰郷してしまって、時々様子を見ながら手伝いに来る程度になった。食事の内容が低下したのは、母が何でも自分でしなければならなくなったからに違いなかった。

家の仕事は、主力商品の年鑑が休刊になり、月刊の『学友第一線』も出せなくなっていたから、あまり仕事もなかったのだろう。しかし軍歌集や図画の本などは相変らずよく売れていたから、過去の遺産で食いつなぐ状況になっていたのだと思う。用紙を確保するのが大変だったようで、ヤミで買った紙を、千葉の親戚に頼んで印刷屋まで馬車で運んで貰う相談をしているのを聞いたことがある。

上の姉は第一高女の女学生になっていたが、学校の授業はほとんどなくて、女子挺身隊となって工場へ直接に通うことが多く、スミレ3号とかいう航空用無線機の配線をやっていると言っていた。兄は一高に合格していて、こちらは比較的まともに授業が続いているようだった。「配属将校には挙手の礼をするように言われているが、みんな帽子をとって丁寧にお辞儀をしてやるんだ」と自慢話をしていた。エリート校に学ぶ若者の、ささやかな抵抗だったのだろう。

私が復帰した国民学校でも、雰囲気はがらりと変っていた。縁故疎開者も多くなって、生徒数は夏休みを境に激減していた。第二次三次の集団疎開が予定されていて、最終的に東京に残ることは不可能になりそうだった。私はいずれ縁故疎開をするということで、とりあえず東京の学級が存続する間の復学を認められたらしい。

沼津の疎開学園では、生徒の脱走事件があったり、先生を誹謗する落書きが便所に書いてあったりしたことが伝わって、保護者の間に動揺が起きていた。父は相談を受けて夜遅くまで近所の家へ話しに行ったりしていた。「逃げて帰っても、君たちのお父さんお母さんは、絶対に家に入れてくれないだろう」と先生が話したとか、受け取った手紙も出す手紙も、疎開学園では全部検閲するといったことを問題にしたらしい。しかし疎開は時代の要請だから、問題を表ざたにするわけにはいかない。学校に改善の要請をする程度で、結局は父も収め役に回ったようだ。

以上は昭和十九年（１９４４）後半の話である。私は国民学校の五年生だった。秋にはアメリカ軍がフィリピンのレイテ島に上陸した。東条首相は退陣して海軍の米内大将が首相になったが、ラジオからは「海ゆかば」の曲とともに、あちこちの島の玉砕のニュースが続いていた。

防空壕を掘る

サイパン島がアメリカ軍に占領されたことで、東京が空襲されるのは時間の問題になった。わが家でも防空壕掘りが本格化して、しばらくの間、家族全員がかかり切りになった。庭先に竪穴を掘ってあったものをさらに掘り下げると、地下一メートルぐらいから下は赤土になる。その赤土部分に横穴を掘ると、土がしっかりしているから、素掘りのままでトンネルになるのだ。道具はシャベルと鍬だけだったが、掘ってはバケツに土を入れて運び出す作業を延々と続けた。掘る役目とバケツ運びは適宜に交代したが、自分のシャベルでトンネルの形が出来ていくのは、けっこう楽しかった。幅も高さも一メートルあまりの地下トンネルが、だんだん奥へ向かって伸びて行った。

この地下壕は、最終的には五メートル以上の長さになり、反対側の竪穴から掘った横穴と連結した。中間にはやや広く、一段掘り下げた「居室」も作られて、土の段差が長椅子のようになった。下には簀子《すのこ》とござを敷いたから、居住性もよかった。元社員や親戚の人たちの手伝いもあったが、これほどのものが作れるとは、予想以上だった。うちの家族は、いざとなるとすごい力があるんだなと、誇らしくも思った。この壕は近所でも有名になって、見学に来る人も多かった。警防団の役員は「民間でこれほどの防空壕は見たことがない」と感嘆していた。

父はこの成功に気をよくしたのか、あるいは他に仕事がないから熱中したのか、後に第二次、三次の防空壕づくりを進めた。玄関脇の空き地に深い竪穴を掘り、家の南側にも竪穴を掘って、家の下に深い地下トンネルを通すという大計画である。巡査をしていた叔父の同僚が土木工事にくわしい人で、その人の指導と全面的な協力を得ながら工事は進められた。数本の丸太が運ばれて来て櫓のように組まれ、その上に水平に渡された長い丸太の一方には重石がくくりつけられて、反対側の細い先には、バケツを下げる鉤が綱で吊るされた。これを上下させれば、深い穴の底から土を入れたバケツを、軽々と引き上げることができるのだった。完成は翌年のことだが、幅一メートルあまり、高さ一・五メートル、長さ十メートルほどの大トンネルができ上がった。ここはおもに箪笥などの家具類を収納するのに使われたようだ。

これも翌年になってからだが、砂場のあった場所を掘り下げて「壕舎」も作った。六畳ほどの半地下式の仮建築で、強制疎開にかかった家の資材を利用した。ここには資料の図書類や、雑多な生活物資を集積していた。母屋が焼けても、焼け残ることを期待したのだろう。改めて考えると、一家をあげて、できる限りの空襲対策はしていたのだと思う。それにしても、大変な労力だった。掘り出した大量の土を積み上げたから、わが家の土地の全体が三十センチほど高くなった。昔から隣家の庭の方が高くて、大雨が降ると、こちらの庭が水浸しになっていたのだが、これ以後戦後もずっと、その関係は逆になった。

B29を見た

アメリカにB29という大型爆撃機があることは、昭和十九年（1944）の最初から知られていた。それまではB17が「空の要塞」と呼ばれていて、ドイツを爆撃していることは新聞にも出ていた。だからB29は「超・空の要塞」ということだった。そのB29は、十月になると九州地方の爆撃にやってきた。中国大陸の基地から、北九州工業地帯を狙って来ているようだった。

サイパン島のあるマリアナ諸島を基地とするB29が、最初に東京の上空に現れたのは、十一月一日のことだった。昼休みの時間中にサイレンが鳴って、生徒は急遽カバンをまとめて校庭に整列し、下校となった。学校の生徒数は減ってはいたが、一学年五組あったものが二組になって、この時点ではまだ四割ほど残っていたことになる。家に着くとすぐ空襲警報になり、防空壕に入った。防空壕に入るとラジオは聞けなくなる。空襲解除のサイレンを待つだけで、外のことは何もわからなくなった。サイレンは長く鳴るのが警戒警報、短く断続するのが空襲警報だった。空襲警報の解除は、警戒警報と同じ長音で、自動的に警戒警報に移行するのだった。この日は一時間ほどで空襲解除となり、警戒警報も午後三時には解除になった。

ラジオの「東部軍管区情報」は「敵B29一機、帝都上空に侵入せるも投弾せず退去せり」と言っていた。しかし二人の姉はそれぞれ別な学校に通っていたのだが、空襲警報で電車が止まったため、帰ってくるのが日暮れの後になって、みんなを心配させた。

この日を最初とするB29の偵察飛行は、数日おきに何度も繰り返された。敵機は一万メートルの高高度から、本格的爆撃のためのデータを集めていたのだろう。やがて一機だけのときは空襲警報は出ないままで終るようになった。何回目かのときに、初めてB29を見た。短い飛行機雲を引いていて、速度はあまり感じられず、高い空に浮かぶ彗星のように見えた。試し撃ちのような高射砲弾が周囲に白煙を散らしたが、命中することはなく、味方機との空中戦もなかった。当時の日本軍の主力対空火器だった八八式高射砲の実用射程は、高度七千メートル程度だったと言われている。

間もなく夜もB29はやってくるようになった。探照灯の光が何十本も交差する中心に、B29の白い機体が輝いていた。高射砲弾は間断なく周囲で鋭い火花を散らしていた。一度だけ、B29の機体に小さい火の粉が走るのを見たことがある。すぐにラジオが「わが一弾は、敵機に損害を与えたり」と放送した。しかしその後は、何事もなかったように飛び続けて遠ざかって行った。

十一月も半ばを過ぎるまでは、空襲とはそのようなものだった。父は「これは一方的でどうにもならんな」と言っていたが、私にはその深い意味はわからなかった。十一月十七日には学校の運動会も例年通りに行われている。ただし来客用の椅子を二十も並べて用意したのに、二、三人しか来なかったと日記に書いてある。

激化する空襲

空襲は、子供にとってはスリルのある、わくわくするような経験でもあった。学校にいるときに警報が鳴ると、みんな防空頭巾をかぶり、カバンを背負って待機した。職員室に入る情報によって、先生は生徒たちを校内の地下防空壕に入れるか、急いで下校させるかを決めるのだった。回数を重ねれば先生も生徒も要領はよくなる。適度な緊張感の中で、「今度は本当に爆撃になるぞ」などと、半分は期待するような、興奮ぎみの会話をしていた。あわて者を笑う余裕もあって、怖がらないことで「少国民」としての責任を果たしているような気分だった。試験が予定されている日などには、「早く『ポー』(警報のサイレン)にならないかな」などと勝手なことも言っていた。

十一月二十四日には、初めて大編隊での爆撃があった。四時間目から警戒警報で下校となり、自宅の庭でB29の編隊が西の空を北へ向かって飛ぶのを見ていた。この頃には、敵機の進路が真上に向かって来ないかぎりは、防空壕には、あまり入らなくなっていた。壕に入るとラジオが聞けないし、外の様子がわからなくなって、かえって不安なのだった。もちろん、ポータブルのラジオなどは、全く存在しない時代である。壕に入らなくても、防空頭巾の上に鉄兜を重ねていれば、かなり安心感があった。試しに石をぶつける位では感じないから、高射砲の破片程度なら大丈夫だろうと思っていた。

この日の空襲では、初めて撃墜されるB29を見た。編隊の中から一機が離れ、みごとに下向きになって錐もみ状態で落ちて行った。距離が遠かったので、高射砲によるものか、味方の戦闘機がいたのかはわからなかったが、B29でも、ちゃんと撃墜できるのがわかって嬉しかった。近所の家からも、盛んな拍手がわき起こった。記録によると、この日からしばらくの間は、B29は東京西郊の飛行機工場地帯へ精密爆撃を加えていたらしい。高高度からではあまり効果がないので高度を下げ、高射砲と日本側戦闘機の反撃も本格的になった。

十二月二十七日の日記には、昼過ぎに真上で展開された空中戦の模様が書いてある。「敵の第四編隊が来たとき、味方の一機が敵編隊の真上でやられて、白煙を吐きながら敵の一機に体当りをし、跳ね上ってもう一機にぶつかりそうになりながら、真っ直ぐに落ちて行きました。」と詳細である。この場面は翌日の新聞にも写真が出ていたが、私もよく覚えていて、何度も絵に描いた。戦闘機は白煙の塊となって石のように落ちて行き、体当りされたB29は発動機の一つを欠いて、白煙を引きながら次第に編隊から遅れていった。華々しい戦闘場面を見られて満足だったが、そこで死んだ人がいることは、ほとんど考えなかったような気がする。

十一月には、すでに神風特別攻撃隊の出撃が報道されていた。「軍神」の扱いで、写真入りの記事が新聞に大きく出ていた。ラジオでは「敵空母に一機命中」などと言っていたが、聞いていた古手の社員が「命中かよ……」と、苦笑まじりにつぶやいたのを覚えている。

焼夷弾の実態

日記によると、焼夷弾による夜間の空襲は十一月三十日が最初になっていて、二十機内外としているから、テスト的な攻撃だったのかもしれない。それでも南の空が真っ赤になったと書いてある。落とされた焼夷弾は、それまで訓練に使っていたものとはだいぶ違っていて、その対策は急を要したのだろう、すぐに解説の記事が新聞にも出た。特徴は、小型の焼夷弾が多数まとまって落下することだった。従来は「焼夷弾落下！」と声をあげて、近所が協力して防火用水のバケツリレーを集中することになっていたのだが、どの家にも同時に複数が落ちるのでは間に合わない。対策は「それほど威力はないから初期消火が大切」ということだけだった。

アメリカ軍は日本の木造家屋を焼くために最適の焼夷弾を開発していた。M69という集束弾で、ネットの情報では三十八本が一単位ということだが、私の日記では十ポンドの弾が二十八発となっている。後にはありふれて私もよく手にしたが、単体は鉄板を六角形の筒型にして油脂剤を詰め、上下に蓋をはめた簡単な構造だった。直径は十センチ、長さは六十センチぐらいで、下部の横に小さな信管が突起していて、上部には長い布製の尾がついていた。これを二段に束ねておいて、空中の爆発でバラして地上に向かわせる。このとき布の尾に火がつくので、夜間には、無数の火の粉が降り注ぐように見えるのだった。それと同時に「ザーッ」という激しい夕立のような音がした。

焼夷弾の油脂を、姉が友だちから手に入れて持ってきたことがあって、隣組を集めて実験した。強い臭いのする黒煙をあげてよく燃えた。グリースにガソリンを混ぜたようだと誰かが言っていた。燃料として強力だから、不発弾を分解すると重宝だという話も聞いた。要するに燃えやすい油脂が飛散するだけの武器だという結論になったのだが、自分の家に落ちたらどうなるのか、はっきりしたイメージを持てる者はいなかった。

十二月十四日には、学校で焼夷弾の公式な実験が行われて、町会からも大勢が参加した。コンクリート校舎の屋上から実物を落としたのだが、なかなか発火せず、何度もやり直しになった。何度目かに、まただめかと近づいた警防団の目の前で、突然に発火した。本体はロケットのように火を吹き、火炎の帯を残しながら走り出して、取り巻いていた見物人の方へ向かった。逃げ遅れた女の人が転んだところに追いついて、モンペに火がついた。一瞬遅れて、用意されていた防火用水をみんなで掛けて消したのだが、その人は気絶してしまったと日記には書いてある。一発でも侮れない武器であることが、はからずも証明されてしまった。

それにしても、発火と同時に万遍なく油脂に火がつくメカニズムはどうなっていたのだろう。安価に大量生産されたのには違いないが、研究を尽くしたアメリカ軍の高度な技術力で作られた焼夷弾だったのだと思う。

昭和17年版『児童年鑑』の「大東亜戦局地図」。日本軍は南太平洋一帯を支配した

第四章　昭和二十年という年

運命の昭和二十年

昭和二十年（1945）は「戦前・戦中」が「終戦」によって「戦後」へと転回する激動の年である。ここで確認しておくと、昭和十九年の末までは、まだ「戦前」の生活が色濃く残っていた。学校の友だちは三分の一に減ってはいたが、まだ多くの顔なじみが日記にも登場して、遊びに来たり自転車で走り回ったりしている。物価もそれほど変動はなく、配給で買える公定価格のものは、据え置かれた値段のままだった。ただし子供が金銭を使う機会は、めっきり少なくなっていた。開いている店が少なくなって、買えるものが限られたからだ。どこかの店に「蝋紙」と呼ばれる小さな紙の束が出たことがあった。たぶんキャラメルの粒を包む紙が、使い道がなくて工場から流れたのだろう。これをみんなが買いに行ったからブームになって、小さな舟などを折って水に浮かべて遊んだ。手に入る材料によって、流行が支配されたことになる。廃物が思わぬ価値を生む時代でもあったわけだ。

当時は何でも「古いものほど良いもの」であるのが常識だった。牛皮のランドセルや靴を始めとして鉛筆や消しゴムに至るまで、上の兄弟からの「お下がり」であっても、「俺の方が古いんだぞ」が自慢の種になった。私のドイツ製の万年筆などは、折り紙つきの宝物として尊敬の対象になった。新しいものは、ランドセルなら破れやすい豚皮であり、ボール紙製もあった。鉛筆は塗装のない白木のままで、BもHもなく、芯はちょっと削ればすぐに折れた。

空襲の跡は、まだ目立つほどではなかった。駒込駅の近くに爆弾が落ちたというので家族で見に行ったところ、深さ五メートル、直径十メートルほどの穴があいていて、二階家が一軒、半分以上吹き飛んでいた。二百五十キロ爆弾だということだった。直撃されたら仕方がないのだと納得した。穴の地肌がきれいな「すり鉢」状になっていたのが印象に残っている。

焼夷弾による焼け跡は、まだ近所にはなかった。兄や姉、それに隣組では話としていろいろ聞いたが、実際の体験者と会ったことはなかった。町全体が「面」として焼き尽くされるような空襲は、まだ想像の外だった。

船員になった若い叔父がいて、久しぶりに上陸で訪ねてきたことがある。いきなりの会話が「東京は空襲で大変だと聞いていたけど、どこも何ともないじゃないか」だったので、こちらの方が驚いた。省線（現在のJRの電車）も都電もちゃんと動いていたし、都市としての機能には何の変りもなかった。多少の空襲があっても大丈夫だと、叔父の心配し過ぎを笑った。叔父は南方の戦場をくぐり抜けてきた人だったのだから、もっとちゃんと話を聞いておくべきだった。林五郎というその叔父は、その後、阿波丸に乗っていたとき、アメリカ潜水艦の攻撃を受けて殉職した。

これが敗戦のわずか八カ月前の東京だった。これから起こる大変化は、やはり人間の歴史に残るものだろうと思う。私も日記帳をしっかり読み直して、一日ごとを確かめることにしよう。

戦時下の正月

昭和十九年の大晦日から二十年の元旦にかけて、関東地区には空襲警報が出ていた。一機ずつ三回来襲したと日記に書いてあるから、この頃のものは偵察ではなくて、市民を安眠させない神経戦の要素があったように思われる。それでも明けた元旦には、千葉から二人の親戚が来て、兵隊に行っていた元社員も一人来てくれて、朝のごちそうをいただいたと書いてある。この日に限らず、わが家には、じつに頻繁に人が出入りしている。父方と母方の親戚や、仕事でつきあいのあった人たちが多く、私の家は、その人たちにとって「東京の拠点」の役割をしていたようだ。そのおかげで、私たちは生活物資の入手などで助けられてもいたと思う。その雰囲気は、母の人徳によるものだった。「どんな人だって、乞食に来た人だって、損をさせて帰してはだめ。人が集まる家でなければ栄えない」というのが母親の生涯の口ぐせだった。

ところで元旦の食卓は「雑煮、芋羊羹、芋と人参の塩煮、ごぼう、椎茸など、去年に負けないぐらいのごちそうでしたが、だて巻きなどの甘いものは、あまりありませんでした。」ということだ。その後学校で新年の式があって、帰宅後は友だちが遊びに来た。羽根つきをしたり、花札をしたりしたのだが、「あまりお正月気分はしませんでした。元日から空襲があったからかもしれません。」と日記は結んでいる。

この冬は寒さがきつかった。防火用水に厚い氷が張って、金槌で叩いても割れなくなった。コンクリート製の小型風呂桶のような形をした防火用水は、表と裏と庭と三カ所にあって、氷が張っては使えないから、気がつけば氷を割ることになっていた。しかし板で蓋をしておいてもすぐにまた凍ってしまって追いつかない。結局は凍ったままで放置する状態になった。真剣に対策を考えたような記憶がないから、大人たちを含めて、いざというときは何とかなると思ったのか、あるいは空襲の対策として、あまり信用していなかったのかもしれない。

この正月以降、日記帳の記述は加速度的に戦況の報告で占められるようになってくる。それも唯一の情報源である大本営発表を掲載する新聞からの抜粋である。空襲はほぼ三日おきに百機以上の来襲があるのだが、東京以外の名古屋、大阪、北九州などが攻撃されることもあって、東京が集中的に攻撃されている印象はなかった。ただ目を引くのは敵機迎撃の戦果の多さである。たとえば百機が来襲したとすると、撃墜二十機、撃破二十五機、わが方の損害は五機といった調子になっている。来襲した半数近くを撃墜破しているのなら、大規模な空襲が連続して来る筈がないと今なら思うのだが、当時は大本営発表を疑う気持は全くなかった。

これは台湾、沖縄やフィリピン方面の戦況でも同じことだった。特攻隊の攻撃を含めて、敵戦艦二隻、空母三隻撃沈といった「大戦果」が次々に発表されるから、近海まで攻め込まれているのに、まるで勝ち戦が続いているようだった。

写真屋さんの芋糖

一月八日から学校は始まるのだが、私は目が腫れたので学校を休み、母に連れられて医者を探して歩いた。目当ての眼科は診療時間が合わなかったが、別な眼科がみつかって、診療が受けられた。右目は「物貰い」で左目は「結膜炎」だったと日記に書いてある。そこからついでに足を伸ばして、懇意にしている写真館を訪ねた。毎年の正月には写真を撮りに来て貰うのが慣例だったのだが、この年には撮影はしなくなっていた。母はそこの主人に「芋糖をもっと貰うようにたのんできました。」というのだが、芋糖とはどんなものか、記憶には残っていない。芋の澱粉でできた、ちょっと甘いものだったのだろうが、当時はいろいろな「代用品」がヤミで流通していた。篠塚さんという写真屋のおじさんは、親戚のように親しい人だったから、頼りになったのだろう。写真材料は手に入らなくなっていた筈だから、いろいろなルートでヤミ物資を扱って生活していたのに違いない。当時は意外な人が意外な知恵を働かせて生きていた。「正業」が成り立たない時代になっていたのだ。

私の家族も、経済状態はどうなっていたのか、考えると不思議である。主力商品は発行を停止していたわけだし、父にも母にも定期収入はなかった。戦前からの蓄えがあり、株券や定期預金の利殖もあったのだろうが、遊んでいて食えるほどの財産があったとは思えない。やはり大きかったのは、売れる商品をある程度ストックしていたからだと思う。戦中の後半には、問屋から全国へ流れる書籍流通のルートは、ほとんど動いていなかったと思うのだが、行商のように現金で仕入れて背負って行く本屋さんは、時々来ていた。図画の本とか歌の本とか、いつでも売れる商品を持っていたのが幸いしたのだろう。それと、父親の「安物は買わない」主義も支えになった。わが家には、当時には珍しいほど部屋ごとに柱時計が掛けてあったのだが、あるとき「家の時計を順番に売るだけでも一年間は暮らせる」と父が言うのを聞いて、安心したことがある。

一月十日には、アメリカ軍がフィリピンのルソン島リンガエン湾に上陸を開始したとの大本営発表があった。湾内には三百隻の敵艦船が集結しているとの情報も日記には書いてある。ここを占領されれば、日本が南方の資源地帯との連絡を絶たれることは明らかだった。例によって新聞発表は敵艦船を攻撃して戦果をあげたという記事ばかりが続くのだが、やがて敵はマニラに向け南下して、わが軍と激戦中というニュースが入ってきた。どう見ても日本が負けている戦況でしかない。アメリカ軍が攻めてきたら、日本軍はじりじりと後退して最後は玉砕というパターンが、どこでも常識になってきた。

この頃からの戦況と国際情勢は、目まぐるしいほどに急展開になってくる。その中で市民の生活がどうなっていったのか、国民学校五年生から六年生になる私の日記で、なるべく詳しく追ってみることにしよう。

インドもビルマも遠かった

昭和二十年（1945）一月十六日の日記には、ちょっと気になるニュースがある。大本営発表として、インド方面のイギリス軍がマユ半島からビルマのアキャブ港に侵入・占領し、海上から補給を続けているというのだ。発表はいつも通りに「敵巡洋艦二隻撃沈、輸送船四隻撃沈、二隻撃破」という「大戦果」の形になっている。しかし私の日記は「アメリカ軍がフィリピンへ攻めてきたのといっしょに、イギリス軍もビルマへ攻め込んできたから、いよいよたいへんです。」と総括している。そして、これがこの年の日記の中で、ただ一つ西南アジアの戦況に触れた個所なのだ。

これは私には常識なのだが、前年に行われたインパール作戦については、当時はほとんど報道がなかった。せいぜい初期に「インド国民軍が、日本軍の支援を受けてビルマからインドへ向けて進撃を始めた」という威勢のいい話があった程度である。インパール作戦という呼び名も、その悲惨な結末も、すべて戦後に時間がたってから知らされた。太平洋での戦い以外は、ほとんど国民的な関心の外にあったと言えると思う。しかし実際には遠いインド・ビルマの地でも多くの日本兵が死んでいた。その多くは、補給の不備による餓死だった。そのパターンは、ガダルカナルでもニューギニアでも同じように起きていたのに、先行の事例は参考にされなかった。

戦況はこのように緊迫していたのだが、私の家の中には、のんびりした日常も残っていた。兄が机の引越しをするので、要らないものを大売出ししたという記述もある。金券を発行して、姉たちや私が客になったのだ。私は「鉛筆二ダース、万年筆二本、鎖一本、金庫一個、製図道具一揃い」を買っている。さらに売り物が余ったので、残りはただでもらったと書いてある。兄はかなりの物持ちだったようだが、考えてみれば、これはそれほど不思議ではなかったかもしれない。戦争になったのは三年前のことだから、それほど昔ではない。私たちは物を大事にするように躾けられていたから、ある程度ストックを持っていても当然なのだ。さらに親は、物不足になることを見越して、良い物は多めに買い与えてくれていたのだろう。

私にとっては成長期だったから、戦争中の期間は、とても長く感じられる。だから戦前と戦後は、はっきり別な時代のように感じられるのだが、大人の時間でみれば、じつは短い期間だったのだ。大人は五年前のことなら昨日のことのように覚えているものだ。当時の親たちにとって、三年半は、一過性の「がまんの時代」に過ぎなかったのではなかろうか。今回日記帳を読み直してみて、初めて気づいたことである。そうすると、当時母がしきりに言っていた「あんたたちは、こんな時代に生まれて可哀そうだねえ」という言葉が、少し違って思い出される。私は他の時代を知らないから自分を不幸だとは思わなかったのだが、「ふつうの時代の暮らし」を知っていた母の悲しみを、本当には理解できずにいたのだ。

寒い冬に不吉なニュース

この年の冬は、例年になく寒かった。氷が厚く張ったし、水道が凍結して昼ごろまで出ない日もあった。雪もよく降ったから、学校では雪合戦もやっている。雪の溶けかかりが凍って、校庭がスケートリンクのようになり、運動靴で乗ってもスケートのようによく滑れた。しかし、つらいのは教室の掃除で、みんなしもやけの手だから雑巾の水拭きは敬遠したい。しかも空き教室の掃除まで命令されるから、生徒の反発にも一理はあった。そこで開発されたのが、床に適当に水撒きをして、その跡を箒《ほうき》でこすってごまかす方法である。床が一応濡れるから、水拭きしたようにも見えるのだ。ただし先生に見つかると怒られて、やり直しになる。そのあたりは子供らしい先生との攻防戦なのだが、乾燥がひどくて、ほこりが舞い上がって困るという記述がある。いま思えば、三月十日大空襲被害の伏線のようにも読めるのだ。

二月四日の日記には、今度マリアナの司令官が、ドイツの大爆撃をしてきた司令官に替わったと書いてある。ドイツに対する「絨毯爆撃《じゅうたん》」で有名になったカーチス・ルメイ司令官であるに違いない。その程度の情報は、新聞にも出ていたのだ。そして「絨毯爆撃」というすごい爆撃があることも、すでに子供にまで知られていた。だから「小さい都市から順々につぶして行くつもりなのでせう。」と書いている。というのは、一月後半から二月にかけては、東京への爆撃は小康状態で、北関東とか、神戸とか三重の松阪とか、地方都市への爆撃がむしろ増えていたのだ。

東京上空でのB29は、日本の戦闘機や高射砲の活躍で、かなり効果的な打撃を受けているように見えた。見ている前で撃墜されたり、煙を引いて編隊から遅れたりする場面を見ることも、珍しくなくなっていた。日本の防空戦闘も、それなりに慣熟してきて、B29対策が整ってきたように見えたのだ。だから防備の厚い東京を避けるようになったのだろうと思っていた。

二月十二日には、アメリカの新しい戦闘機のことが書いてある。三時のラジオで聞いた話として、「時速九百キロの速さが出るさうです。そしてこの戦闘機は、日本本土空襲用にして、B29といっしょに護衛としてやってくるのださうです。」と解説している。かなりな不安材料の筈だが、この種のニュースには、必ず「わが方も万全の対策を講じつつある」という決まり文句がついていた筈である。

二月十六日には、朝から「敵小型数十機、関東東部に侵入せり」「本日の敵は、その高度いずれも低く、千メートル程度なり」という空襲警報が出たので驚いた。機動部隊から発進した約千機が関東から静岡地方へ来襲したということで、昼ごろには低空での派手な空中戦の展開が見られた。この日は日本機も編隊で飛んで対抗していたが、敵の機動部隊が東京を空襲できる近海へ、自由に接近できるようになったのは、重大な戦況の悪化である。同じ日に、敵艦隊が硫黄島への砲爆撃を開始したとの記述がある。そして翌日には、早くも上陸を開始している。

空襲下の日常

昔の日記を読んでいると、空襲の有無、人の出入り、学校での試験の科目などはわかるのだが、日常の暮らしについての記述は少ない。たいていの「記録」がそうであるように、要するに「できごと」しか書いてないのだ。だから自分の実感とも合わないところがある。「人間の記録」にするためには、ふだんの暮らしの部分を補強しなければならないだろう。

昭和二十年（1945）二月末ごろの日常は、もちろん空襲に支配されていた。学校へ行くも行かないも、もちろん空襲しだいである。だから試験のある日に昼の空襲があると歓迎だった。学校の授業は、ほとんど午前中で終りだった。弁当は持たず、昼には給食に小さなパンを貰って、午後は掃除と補習程度だったと思う。空襲さえなければ子供の生活はあまり変らない。自転車で大通りへ出て「空中戦ごっこ」をするのが流行っていた。「敵」の自転車の後ろについてベルをジリジリ鳴らすと「撃墜」になるのだった。戦闘機の空中戦の再現だから、これは面白かった。通りを走る自動車などはなかった。

学校区の中にまだ空襲の被害はなかったから、焼け跡はわざわざ見学に出かけた。焼夷弾で焼けた一角は平らになり、水道管が曲がって水が漏れたりしていた。シャベルで焼け跡を掘ってい る人も見たが、何も残っているわけはないと思った。要するに火事場の見物に過ぎなかったのだ。

この頃までは、爆撃は散発的で、爆弾と焼夷弾の混合だった。

空襲が日常化したから、生活全体がそれに適応したことは事実である。警戒警報が出て情報が入ると、地図の上に敵機の位置を碁石で置き、到着時間の予想を立てた。今のうちに食事をしようとか、勉強を済ませようといった予定を立てられた。「敵は南方洋上より接近しつつあり」から始まって、「駿河湾を北上中なり」になり、「伊豆半島より関東地方に向かいつつあり」となり、「西方より帝都上空に侵入」で、「関東地区、空襲警報発令」になるのが標準パターンだった。

防空壕に入るのは、爆撃開始が確認された場合だけである。それでも毎週一度は入って、外の様子に耳を澄ませた。爆発音と振動、そして高射砲の炸裂音が下火になると、誰か一人が先に出て、ラジオを聞きに行った。そこで後続の爆撃がないことがわかるか、警報解除の長いサイレンが鳴ると、一段落するのだった。

壕の中にいる時間は、けっこう楽しかった。家族が一つの小さな灯りを中心に集まって、とりとめのないおしゃべりをしていた。ローソクは品薄になっていたから、小皿に食用油を入れた中に綿紐を浸して、端を皿の外に出したものに火をつけた。ローソクほど明るくなくても、長時間の光源には最適だった。その火を赤土の天井に近づけると煤が黒くつくので、上手に動かせば字や絵が描けた。その歴史的な「壁画」は、今も地下の横穴に残っているかもしれない。遠い昔の「いろり端」のような思い出になっている。

三月十日の大空襲

昭和二十年三月九日の夜は、風が強かった。ふとんに入って少し温かくなった頃に警報が出て、「敵らしき数目標」と言うので、一応起きて待機の状態になったのだが、なかなか近づいてこない。ラジオは「房総半島上空に一機旋回中」などと、のんびりしたことを言っていた。この頃から、アメリカ軍はレーダーを撹乱するアルミ箔の散布なども始めていたようだ。また、少数機を先発させて防空戦闘機を離陸させ、燃料切れになる時間帯を見はからって本隊が殺到するというのは、綿密に計算された戦略爆撃の作戦だったのだ。

私も待ちくたびれて寝てしまい、夜中過ぎに「おい、敵きたぞ」の兄の声で起こされた。外へ出てみると、南の空にB29が一機、今までにない低空を飛んで行くのが見えた。探照灯に照らされた青白い機体に、発動機の一つ一つまでが、はっきり見えていた。やがて敵機は四方八方から次々に現れるようになった。編隊を組まず、バラバラに低空から突然に現れるのが、その夜の特徴だった。間もなく東の空が赤く染まって、その光はどんどん強くなってきた。頭上を飛び去るB29の翼は、一方は火災の反射で赤く染まり、一方は探照灯で照らされて青白く輝いた。一機が通過するたびに、威圧するような大きな爆音が覆いかぶさってきた。

その夜のB29は、見えている範囲では投弾しなかった。東京の東側に攻撃を集中していることがわかった。高度が低いから高射砲弾の炸裂も近くて、直撃弾を受けたB29が、たちまち火の玉になって流星のように落ちて行き、そのあとに火の粉が残るのも見えた。爆撃は二時間ほど絶え間なく続いたのだが、後半は空の明るさが異常だった。探照灯なしでもB29ははっきり見えるようになり、地上の全体も新聞が読めるほどに、満月の夜よりも明るかった。空襲警報が解除になっても、その明るさが変らないのが異様だった。

父に連れられて、田端、上中里間の京浜線線路の上に当る、高台の外れまで様子を見に行った。正面から右へかけて、下町の一帯が燃えていた。見た角度で六十度ぐらいだろうか、その間が一面に文字通りの火の海になっていた。距離が遠いから個々の建物の形まではわからないが、時々ひときわ高い炎が吹き上がるのが見えた。前景には近い建物のシルエットが並び、巨大な煙が低い角度で右へと流れていた。強い北西の風は、まだ吹いていたのだ。消防自動車のサイレンが、遠く弱々しく鳴っていた。並んで見ていた大勢の人たちは、意外なほど静かだった。

まだ見たことのない、大きな火災が起きていることは明らかだった。そのとき、日本の戦闘機が一機、火災の方へ飛んで行った。「戦闘機の人も、くやしいだろうね」と私は父に話しかけた。きっと仇をとってくれるよというような、力強い父の言葉を期待したのかもしれない。しかし父からそのような言葉を聞いた記憶はない。ただ、人々といっしょに、燃え盛る下町の光景を眺めているしかなかった。

大空襲の後

三月十日の東京大空襲は、死者およそ十万という、空前絶後の空爆犠牲者を出した。被害の大きさは町内のうわさ話としても伝わってきたが、新聞にもある程度は実情のわかる記事が出たので、熱心に読んだことを覚えている。

まず十日正午の大本営発表のラジオは、来襲した敵機百三十機、撃墜十五、撃破約五十。都内各所に発生した相当な火災は、午前八時までに概ね鎮火したという簡単なものだった。例によって敵の約半数を撃墜破したことになっているが、撃墜十五機というのは、案外に事実に近い戦果だったのかもしれない。この夜は敵機の高度が低かったので、高射砲の射撃が有効だったということを、戦後の資料で読んだことがある。しかし来襲したB29の数は、実際には三百機以上だった。夜間の分散飛行だったから、数の把握が難しかったのだろう。マリアナ基地のB29の総兵力は、すでに六百機に達していたのだ。

数日後に空襲の解説記事が新聞に出て、どの新聞だったかはわからないが、実際に川に飛び込んで助かった記者の体験記もあった。それによると、火に追われた人たちが隅田川にかかる橋の両側から殺到して、身動きできないところへ持ち込んだ荷物が燃え出した惨状がつづられていた。「関東大震災の悲劇が繰り返された」という表現があったことを記憶している。これまでの防空演習で予想していた空襲とは違うことを、読者に伝えたい使命感があったのだろう。また別な新聞には「生かせ、一坪に五発の戦訓」という見出しもあった。そんなにたくさん焼夷弾が落ちたら、消すのが間に合わないことは子供にもわかった。記者としては、そうなったら逃げる一手しかないことを、言外に伝えたかったのではないだろうか。

この空襲以後、人々は「東京にいたら危ない」ことを、真剣に考えるようになったと思う。縁故疎開に行く者が増えて、学校はしだいに統制のとれた「学校らしさ」をなくしていった。三月十一日には東側校舎に軍隊が入ることになって、引越しが始まった。大勢の兵隊がやってきて、トラックで運んできた荷物を次々に運び入れ、それまで教室にあったものは校庭に積み上げた。この部隊は陸軍の通信隊で、教室の一部は兵隊の宿舎になった。それと同時だと思うが、コンクリートの三階校舎屋上の、階段上の一段高いところに機関銃の銃座ができた。

兵隊たちは、通信隊だからだろうか、概して優しい人が多かった。隊内の規律も温和なようで、新兵がビンタされるような場面は見たことがない。この後、終戦までのつきあいになるのだが、顔と名前を覚えて生徒と仲よくなる兵隊も少なくなかった。ただし私の家に近い裏口側が軍用になってしまったから、出入りができなくなった。そこにある日「地方人の通行を禁ず」という立て札が出たので驚いた。ここは東京なのに変だねと家の中でも話していたのだが、「地方人」とは、地元住民を意味する軍隊用語なのだった。

昭和 19 年の正月家族写真。父は国民服、母はもんぺ姿になっている

第五章　大空襲下の東京

緊迫する戦況

私の日記、ということは当時に公表された情報として、B29の夜間大空襲は、三月十二日に名古屋、十四日に大阪と、連続して行われている。いずれも「敵機は二千メートルの低空で侵入し、相当な火災が市内各所で発生しました。」となっているから、東京大空襲と同じ戦法での焼夷弾爆撃だったに違いない。戦果は二十機撃墜、撃破六十機以上などとなっている。被害は小さく、戦果は大きな見出しだから、負けている印象にならないのだが、戦果が本当なら、一日おきに大空襲が来る筈がない。当時の大本営発表とは、そのようなものだったのだ。

三月十五日には「大都市の国民学校は授業を停止することになりました。」という記述がある。三年生以上の全員は、集団疎開に参加するか、縁故疎開をするかの選択をしなければならなくなった。一、二年生も、病弱などの理由で疎開できない者だけが例外として認められるということだった。私は集団疎開では懲りていたから、父の縁故で静岡の山奥へ行くことにした。二人の姉と母も同行することになり、身の回り品を小包にして郵便局へ出した。引き受け個数に制限があったのだが、母は顔見知りの主任さんに頼んで、上手に出してくれた。

一番の親友の家に、借りていた本を返しに行ったところ、誰もいなかった。あきらめて帰りかけたところにおばさんが帰ってきて、おばあさんが重病ということだった。間もなくおばあさんは亡くなって、一家は福島へ行ってしまった。置きみやげに大根を一本貰った。

三月十六日には硫黄島の戦況が書いてある。わが軍の火砲はすべて失われ、小銃と銃剣だけで応戦している。守備隊長は栗林中将で、上陸以来、敵に死傷二万八千五百名の損害を与えたと、玉砕を予想した悲痛な記事になっている。負けたけどよく戦ったと、それ以外に書きようがなくなっているのだ。また、同じ日記にフィリピンのミンダナオ島サンボアンガに敵が上陸して、激戦中と書いてあるのに気がついた。ここでの戦闘を増田博一さんが経験して、『戦記書画・画家が戦争を記録した』を残している。同じ時期の、海外での戦線の実情がわかって興味深い。

三月十八日になると敵の機動部隊は九州の東南海上に現れて、千四百機で来襲している。九州地方の日本軍の航空基地を攻撃したものと思われる。二十一日には硫黄島の守備隊が最後の突撃を敢行して玉砕した。二十三日に軍艦マーチ入りの大本営発表があった。正規空母五、戦艦二、巡洋艦二などを撃沈し、その戦果の大部分は特攻攻撃によるというものだった。敵の百八十機も撃墜したことになっていた。翌日には「特殊小型潜水艦による特攻」（後に「回天」と呼ばれる人間魚雷）が戦果をあげているとの発表があった。

しかし戦局は変らなかった。二十六日にアメリカ軍は沖縄の慶良間《けらま》諸島に上陸を開始している。そして四月一日、沖縄本島中部への上陸が始まった。激戦中というだけで、具体的な情報は何もない。そして戦果の発表も、約六十隻を轟・撃沈、五十隻を撃破と抽象的になっている。

強制疎開という破壊

四月一日には、建物の強制疎開で、学校の周辺にある家が二軒分の幅で取り壊しになった。重要な建物の周囲に防火帯を作るという、一種の「事前の破壊消防」の対策だった。私の家は、母屋は大丈夫だったが、「向こうの家」の二階家が引っかかった。家財道具は運び出しておいたが、壊し方はじつに乱暴なものだった。工兵隊だろうか、三十人ほどの兵隊が来て、一軒につき三十分ほどで引き倒すのだった。まず大勢が家の中に入ってすべての建具を外して外へ投げ出す。次に大きな斧を振るって主な柱に半分ほどの切込みをつける。土壁は大槌で崩す。その間に屋根に上る兵隊がいて、屋根瓦の一部を壊して棟木を露出させる。そこへ太い綱を結びつけ、最後は近所の人たちも加勢して、ヨイショヨイショと掛け声を合わせて引き倒すのだった。

すべて壊すだけが目的で、瓦一枚でもガラス一枚でも、使えそうなものは残すというような配慮はみじんもなかった。父は「この物資がない時代に、なんてことをするんだ」と激怒したが、兵隊に面と向かって文句を言うことはできず、二軒目のときからガラス戸は兵隊から受け取って、私たちに安全な場所へ運ばせた。これらの建具は、この後の戦後生活に至るまで、非常に役に立った。しかし疎開で東京を離れる人たちにとっては、どうしようもないことだったのだろう。私たちは母屋が残ったからこそ、使えそうなものは極力とっておくという、リサイクルも可能だったのだ。当時の人々にとって戦争の論理は絶対だった。目の前の目的を達することだけが大事で、他のことを考える必要はなかったのだ。

破壊が終ったあとは、無残な廃材の山が延々と続いていた。片付けられるまでの数日の間に、父は私たちを指揮して、使えそうな瓦や、柱、板などを、母屋の空き地に運ばせた。それらはやがて壕舎を建てるときの材料になったのである。強制疎開の廃材が、公的にはどのように処理されて、どの程度の資源が回収されたのか、私の知るかぎり資料は何もない。父がやったことも、どさくさまぎれに所有者のわからぬものも持ってきたのだから、あまり褒められたことではない。しかし戦争とは破壊することだと、みごとに見せつけてくれた強制疎開だった。

強制疎開の跡は学校を取り巻く空き地となり、私の家と校舎との間には、通信隊の防空壕が十個ほど作られた。一メートルほど掘り下げて板で囲い、上に厚く土を盛り上げた本格的なものだった。当直の兵隊が毎晩一人ずつ寝泊りしたので、よく遊びに行き、母の配慮で、おにぎりの差し入れなどを持って行ってあげることもあった。母にしてみれば、兵隊の知り合いを作っておけば、空襲のときに心強いという思惑もあったろう。姉たちも親しくなった石川県出身の兵隊さんとは、戦後も長く交流が続くほどのつきあいになった。

戦後には跡地は誰のものかわからないようになり、とりあえず私の家の畑として利用した。とうもろこしでもトマトでもよく実って、食糧難時代の助けになった。

学校がなくなった

昭和二十年（１９４５）四月から私は国民学校六年生になったわけだが、六月の半ばまで学校へ行っていない。学校としては、東京での教育が原則として停止になったから、四月になったからといって開校するわけに行かなかったのだろう。集団疎開に追加で参加するものは送り出して、残った生徒は、いずれ縁故疎開をすることになっていたわけだ。私もその一人で、現に静岡の山奥へ行く準備を進めていた。ところが切符まで手配して明日は出発するという夜に空襲があって、電車が止まってしまった。そんなこんなで先延ばししている間に、親もあまり熱心でなくなって、もうしばらく様子を見ようということになったらしい。父と親しい学校の先生もいて、時々は家に出入りしていたから、家族も私も不安感はなかったようだ。

少し長い春休みが続いている感じで、学校へ行かない状態がずるずると延長されていたわけだが、空襲は毎日あって戦況が新聞に出るから、退屈するということはなかった。私の日記帳は、まるで戦争の記録が本業のようになっている。後の時間は、部屋の引越しが続いて、あちこちに本が山積みになっていたから、面白そうな本を引っ張り出しては読んでいた。強制疎開で離れ家がなくなった代わりに、疎開で空いた隣家の部屋を借りていたのだ。

年表によると、四月五日に内閣の総辞職があり、鈴木貫太郎海軍大将が首相を拝命している。

終戦工作に向けた人事だったわけだが、私の日記には記述がない。父は政治の風向きを感じていたのではないかと思うのだが、「日本がこのまま戦争を続けたら、世界の歴史に残る英雄民族になるだろう」というようなことを言っていた。また、隣家には社会運動家で、足尾鉱毒事件を扱った『火の柱』などを書いた木下尚江氏の息子さんが住んでいたのだが、その人と話をして「こんなに軍人ばかりがのさばっている国は、滅びても惜しくないですよ」と言ったら、先方も「そうですよ」と言っていた、などと話していた。

四月八日には、わが水上部隊（戦艦を含む）と航空部隊が沖縄方面の敵機動部隊に突入して大戦果をあげたという大本営発表があった。これが戦艦大和の最期であったことは、当時は全くわからなかった。ただ、温存されていた海軍の主力が出動したようで、頼もしい感じはあった。しかし「敵の空母二隻、戦艦一隻、駆逐艦一隻、輸送船五隻、不詳六隻を撃沈、戦艦三隻、巡洋艦三隻、輸送船七隻、不詳六隻を撃破。なお以上はすべて特別攻撃にて、未確認の戦果も多数の模様。」というのは、後の文献によれば、何の根拠もない作文に過ぎなかった。

最高の戦争指導部が、自らも嘘と承知の情報を国民に対して流し続けたのは、何のためだったのだろう。「国民の士気を衰えさせないため」というのだろうが、その先にあったのは、やはり「建前としての一億玉砕」だったのだろうか。馬鹿正直に大本営発表を日記に書き写しながら、「沖縄を取り返せそうです。」などと書いている少年の純情が哀れである。

周囲が火の海になる

昭和二十年（１９４５）四月十三日の日記には「ルーズベルト病死」と大書してある。お昼の報道で聞いて、三時にも聞いて確かめたところ、ルーズベルトは貧血で急死し、後任は副大統領のトルーマンになったということだった。当時のラジオ放送の海外情報は、必ず「リスボン発、共同」とアナウンスされていたものである。ポルトガルが中立を守っていたのだろう。

アメリカの大統領が死んだのは明るいニュースだったが、それでアメリカ軍が急に弱くなるとも思えなかった。それでも「いい気味だ」という感覚はあって、「ルーズベルトのベルトが切れて、チャーチル散る散る花が散る花が散る」という、ツーレロ節の替え歌を思い出した。

アメリカ軍は弱くなるどころか、四月十三日夜には自宅の周辺に最大規模の空襲があった。九時ごろから防空戦闘機が飛び始め、警戒警報が出たと思ったら、十五分ぐらいですぐに空襲が始まった。この夜は雲が厚くて空は見えなかった。高射砲の炸裂音とB29の爆音で判断して、近くへ来そうなら壕に入るということを繰り返した。壕の中にいても、地面の揺れる感覚が何度もあり、いつもより着弾が近いことが感じられた。空は四方から一面に赤く明るくなってきた。その空から、大型の爆弾型のものが、風切り音を立てながら落ちてくるのを見た。軽いブリキ製のような感じだったから、焼夷弾を束ねていた親爆弾が、子爆弾を放出したあとの残骸だったに違いない。南へ二軒ほど離れたところへドスンと落ちた。その親爆弾からバラまかれた筈の焼夷弾の雨は、おなじみのザーッという落下音とともに、北風に流されて南の方角へずれて行っているようだった。それにしても、いつ焼夷弾が頭上に落ちてきても、おかしくない状況ではあった。

緊張しながら待ち構えていたのだが、結局は焼夷弾の落下はないままで空襲解除のサイレンになった。空が静かになると、にわかにパチパチと火の燃える音や、人の叫び声が聞こえるようになってきた。隣組から情報が回ってきて、通信隊の兵隊が出動して、坂下で延焼を食い止めているということだった。たしかに、いちばん近い火の手は、南側の坂下の方向だった。「軍隊が出たら、大丈夫だよね」と、少し安心した。

この夜は弱い北風だったこと、B29も雲の上からでは正確な照準ができなかったことなどが幸いしたのではないだろうか。また、当時の山の手の住宅は、狭くても庭があるのがふつうだった。庭には木があるし、平均の建蔽率は五十%を超えていなかったと思われる。所々には、五百坪、千坪の庭を持つ大きな邸もあった。爆撃が終って延焼を防ぐ段階になれば、火災と戦うことは可能だったのだ。

それでも北は京浜線の線路よりも北側の低地、東は田端駅の手前まで、南はすぐの坂下まで、西は滝野川区役所と古河邸の端までが、一面の焼け野原になった。表の道路や京浜線の線路には、避難してきた人たちが、荷物を抱えて大勢座り込んでいた。

焼け跡の風景

周囲が全部焼けた翌朝からは、意外なほど静かな生活になった。東西八百メートル、南北四百メートルほどの広さで焼け残った高台の一角は、文字通りに陸の孤島になった。電気はつかないからラジオが聞けない、新聞は来ないで、外の情報が何もわからなくなった。そこへ知り合いの本屋さんが見舞いに来てくれたので、みんなが最初に聞いたのが「きのうの戦果はどうだったの？」だった。「撃墜四十機、撃破八十機以上」と聞いて、みんな「ずいぶんやったものだな」と感心したと、日記に書いてある。これは私にも意外だった。大火災の後だから、どれほどの被害だったかを心配しそうなものだと思うのだが、最大の関心事が「大本営発表の戦果」だったのだから。やはり異常な「戦場の心理」で、「勝った、負けた」にしか関心が向かなくなっていたのではないだろうか。通信隊の兵隊も、「この上で撃墜したのが四機ありましたよ」と、手柄顔だった。

私が近所の焼け跡をちゃんと見たのは、数日後だったと思う。通いなれた道を坂下まで行くと、道はあるが、あとは何もない。焼け跡は、こんなにも平らになるものかと思った。風呂屋の煙突が元の高さで立っている他は、一面に黒い灰に覆われた地面だった。かなり遠い山手線の線路が、堤防のように全線にわたって見えているのに驚いた。所々で動物が焼けたような、いやな匂いのする場所は、人が焼け死んだところだと教えられた。遺体の収容場面は見ていないのだが、六義園の空き地が広く掘り返されて、新しい土の色になっているのを見た。言わずと知れた仮の埋葬所だった。区役所の横には、二本の竹竿の間に板を渡した簡易な担架が積まれていた。遺体の運搬用であることは、一目でわかった。

数日後には、水道が出なくなった。井戸があるからと安心していたのだが、停電ではお手あげである。井戸の電動ポンプ部分を外して手動の梃子《てこ》をつけたのだが、配管が長いから能率が悪くて少ししか出ない。風呂のための水は、近所の井戸から貰ってリヤカーで運ぶことになり、何度も往復してバケツで五十杯を運んだ。

それにしても待たれるのは停電の回復だった。工事が始まったと聞いたので自転車で見に行ってみると、電車通りの焼け残った街路樹に、直接に碍子《がいし》を打ちつけて電線を張っていた。当時の電柱はすべて木製だったから、住宅地の電柱は、ほとんど残っていなかった。焼け跡の中には送電する対象の家はない。電線が焼け残り地区へ電気を送るためだとわかったから、工事が近づいて来るのが楽しみだった。結局、電気がついたのは一週間後の四月二十一日になった。それまでの間は、隣接する隣組に気象観測をしている家があって、そこの家のラジオに入る情報を、メガホンで触れて回っていた。通信隊の兵隊も、わが家の庭にアンテナを立ててラジオを聞くようになり、警戒情報などを個人的に教えてくれるようになった。

降伏したら殺される

周辺地域が焼けた後も、空襲は盛んに続いていた。二日後の四月十六日には東京南部と横浜地区への昼間の大空襲があった。南の方角から大規模な煙の塊が流れてきて、大きな灰がパラパラと降ってきた。その中には英語の文字の読めるものがあって、英語の辞書が燃えた灰だとわかった。どんな人が持っていたのだろうと、ふと考えた。その後一度か二度は、焼け残り地区を狙ったらしい昼間の焼夷弾爆撃があったが、狙いは外れて、いずれも焼け跡の方へ流れて行った。やがてこの地区は、魅力のある攻撃目標ではなくなったように思われた。

四月の下旬に、警察官で八丈島に勤務していた母方の叔父が、突然に帰ってきた。陣地構築の作業で足に怪我したので帰されたということで、少しびっこを引いていたが元気だった。実直そのもので、家族みんなに好かれている叔父だった。しばらく療養を兼ねて家にいることになったので、私たちも心強く、巡査部長の肩書きのついた名刺を、早速門に貼りつけた。

食事をしながら、父や母が島での暮らしの様子を聞いていた。島の人々の生活は、東京よりはずっと落ち着いていたらしい。空襲もたまにしかないということだった。単身赴任ではあったが、下宿先の地元の家庭とは、家族同然の親しさになっていたようだ。島の人たちから、信頼され慕われる「駐在さん」であったことは間違いないと思う。その叔父が、戦争について語ったことが、あまりにも模範的だったので、今も覚えている。

「アメリカ軍が来たら、日本人はみんな殺されます。缶詰にされて、食べられてしまうかもしれません」と言うのだ。母が「そんなことできるかい」と反問すると、「彼らならやります、そういう奴らですから」と叔父は意見を変えない。気まずい沈黙になったが、会話はそれ以上には発展しなかった。話を発展させようにも、誰にも根拠になる情報はないのだ。アメリカ軍の捕虜になった日本人がどうなるのか、本当のことは誰も知らない。ガダルカナル島では、病気で動けなくなった日本兵を飛行場に並べて、アメリカ軍がローラーで引き潰したという話が、ラジオと新聞で伝えられたことがあった。「口に人道を唱えながら、鬼畜の行いをするアメリカ軍」というのが、当時の公式な「常識」だった。その常識を、叔父が心から信じているのがわかった。島民への影響力は大きかったことだろう（このガダルカナル島の話は、ブルドーザーを使っての遺体埋葬を、曲解して誇張したものと言われている）。

四月の末に、ソ連軍はベルリンに突入した。ヒトラーの所在は不明となり、ドイツ国民軍司令官のヒムラーが米英に対して降伏を申し入れたが、全面降伏でなければ受け入れられないとして拒否されたという報道があった。ナチス・ドイツの崩壊は決定的になった。日本はどうなるか、不安は高まるばかりだが、久しぶりの大本営発表は、沖縄戦での戦果の合計として、空母十八隻撃沈、戦艦十三隻撃沈を含む四百七十隻を撃沈破と、威勢のいい数字を並べていた。

先行きの見えない戦況

昭和二十年五月になると、空襲はまさに日常化してきた。B29だけでなく、小型機の来襲も多くなった。硫黄島から来るのがP51戦闘機で、機動部隊の空母から来るのがグラマンだった。しかし小型機は上空を飛び回って、ときに日本の戦闘機と空中戦を演じるだけだったから、基本的に住宅街には無害だった。一度だけ北の方で一機が何度も旋回と急降下を繰り返しているのを見たことがある。上中里の駅あたりを銃撃していたようだが、そんなのはむしろ例外だった。

しかし、千葉から来た人の話では、戦闘機の方が怖いということだった。列車が襲われることもあるし、野良に出ている一人だけを、何度も旋回してきて執拗に銃撃することもあるということだった。たまには撃墜されたアメリカ機の乗員が落下傘で降りてくることがある。彼らはピストルを構えることはあっても、決して撃たないから、警察が来る前に日本刀で斬り殺すということだった。遠縁に当る力自慢のおじさんがいたのだが、「殺しちゃったほうが得だよね」と、ことともなげに言っていた。警察から咎めを受けたような話も聞いたことがない。おそらく村の中で闇に葬られたことだろう。戦後になっても戦犯騒ぎにはならなかった。

日記によると五月二日から壕舎の建築が始まっている。さらに驚いたことに、家の南北を貫く地下トンネルの掘削は、七月の下旬から始まっているのだ。私の記憶とも大きくずれていた。しかし考えてみると、もう終戦が近いということは、今だから言えることである。当時の感覚では、戦争はますます激しくなる一方だから、母屋もいずれは焼けるだろう、今のうちにできる限りの対策をしておこうということだった筈だ。壕舎とは、本体を地下にして、屋根だけ地上に乗せる建築である。直撃されたらだめだが、延焼なら焼け残ることを期待して、貴重な機械類、蔵書などを詰め込んだ。

五月二十四の空襲では、荏原（現在は品川区）で開業医をしていた母の弟の家が焼け出されて、一家で避難してきた。逃げる途中でマネキン人形が道路に転がっていると思ったら、みんな焼け死んだ人だったと、なまなましい経験を話してくれた。衣服が雨で汚れていて、「こっちの方は降らなかったの？」と不思議がっていた。気象条件にもよるのだろうが、大きな火災だと、現地にだけ汚れた雨が降るようだった。家族に犠牲者はなく、年頃の子供たちもいたから、一晩はにぎやかに遊んで過ごした。そして翌日の午後には、全員で千葉の実家へ向けて出発した。

この頃の戦況は、沖縄戦の一進一退が毎日のように日記につづられている。特攻機による戦果発表に加えて、五月二十五日には義烈空挺隊が沖縄本島の飛行場に強行着陸して激戦中との記事がある。二十八日には神雷特攻隊についての大本営発表があった。爆撃機に抱かれて行くロケット推進の特攻機で、後に「桜花」と呼ばれる人間爆弾のことである。すでに三百人あまりが出撃したと書いてあるが、戦果については触れていない。

どんな暮らしをしていたか

何度も同じことを言うようだが、毎日つけていた私の日記は、ラジオと新聞で知らされる大本営発表で大半が占められている。何のことはない、大本営の下請けをやっているようなものだ。それよりも毎日の食事内容でも記録していたら、よほど資料としての価値は高かったことだろう。しかし当時の六年生が記録に価すると思っていたのは、やはり戦況でしかなかったのだ。

このままでは「人間たちの記録」にならないから、当時の毎日の生活を思い出してみよう。四月に周辺地域が広く焼けて以降は、行政サーピスは目に見えて低下したと思う。ガスはとっくに供給停止になっていたから関係ないが、水道の回復までは半月近くかかったような気がする。電気も暗くて停電が多くなった。炊事に使う練炭や炭が貴重品になって、「亜炭」というものが配給になったのを覚えている。地下で古木が炭化する途中のものを掘り出したらしく、木の皮目や枝の形のわかる部分が混じっていた。石炭と薪との中間のような燃料だった。そのほか古材でも不要になった古書でも、燃えるものは何でも燃料にした。私の家では強制疎開の古材をかなり貯め込んでいたから、恵まれていた方だと思う。

主食の配給に代用の豆や芋が来るようになったのもこの頃からで、野菜の配給との区別がつかなくなってきた。大豆の中から、錆びた銃弾が出てきたこともある。それで当時の新聞に出ていた投書欄を思い出した。「主食の配給が、また大豆なの？　と主婦同士でこぼしていたら、誰かが豆の中から機銃弾を拾い出しました。『いのちがけで運んで来た大豆なのよね』という声が出て、私たちの愚痴はピタリと納まりました。」という投書だった。当時は投書欄でも、そのように書いて戦争に協力するのが作法だったのだ。

便所の汲取も止まってしまったから、家ごとに対応しなければならなくなった。最初は少しずつ菜園に撒いたりしていたが、人数が多いと溢れてくる。庭の隅に大きめの穴を掘り、流し込んで土に吸わせた。この仕事は、おもに父の仕事になった。樽はないから大型のバケツを一つ専用にして、運ぶのは私も手伝った。やがて近所の庭のない家の奥さんが困り果てて相談に来た。父は「相談されたって、俺は便所屋じゃない」と憤然としていたが、結局は助けてあげていた。

ゴミの収集も、以前は大八車が「チリンチリン」と鈴を鳴らしながら巡回したものだが、とっくに来なくなっていた。それぞれの家で、燃えるものは燃やし、生ゴミは土に埋めるのが当時の常識だった。庭のない家の人たちは、どうしていたのだろう。

そんな中で、母や姉たちはどうやって毎日の食事を用意していたのだろう。過去のストックと、往来する親戚の運んで来るもので助けられていた面が大きかったのではあるまいか。甘いものなどは口に入らなかったが、幸いにして飢えを身近に感じることはなかった。ただし「缶詰を一個開けて食べる」ということは、それが鰯であっても、特筆すべきご馳走だった。

アメリカ軍の宣伝ビラ

空襲は毎日のように続いていても、一日中ということはない。日記を見ると、けっこう自由に都内を歩き回っているのがわかる。四月二十七日には、兄と二人で自転車で焼け跡の見学に行き、神明町から道灌山下を通って上野まで行っている。どこも同じような風景だったが、焼けた自転車のフレームが十台以上並んでいたのは珍しかった。たいてい自転車は乗って逃げるものだから、そこは自転車屋だったのだろう。三カ所で、ひどい死人の臭いがしたと書いてある。面白いのは、帰りがけに不忍池の横を通ったら、大勢の人が釣りをしていたというところだ。食糧の足しにするつもりだったのか、やることがなくなって暇になった人が多かったのだろうか。

五月十八日には、八丈島から来た叔父さんの引越し荷物を引き取りに、リヤカーを引く叔父さんについて自転車で箱崎町まで行った。途中はみんな焼け跡ばかりで、所々に少しずつ家が残っているだけだったと日記に書いてある。しかし箱崎町には大きな倉庫が並んでいて、トラックの車庫や工場も隣接していた。立派なのに驚いたが、これも今に空襲でやられるだろうと思った。滝野川から片道十キロほどの距離を二時間半で往復して、くたくたに疲れたと書いてある。

五月二十二日には、人気者の社員だった金吾さん（姓は覚えていない）が、サイパン島で戦死したという知らせがあった。兄が入っていた一高の寮にも二十七日に空襲があり、入っていた壕の掩蓋《えんがい》の上にも焼夷弾が落ちて、木造の校舎は全焼したということだった。

　五月三十日の昼、一機だけのＢ29が上空を通過してしばらくすると、通信隊の兵隊が「ビラを取らせてください」と庭に入ってきた。探して持って行ったすぐ後から、パラパラとたくさん落ちてきたので、後は集めに来なかった。ビラは三種類あり、一つは焼け跡に死体が転がっている絵で、空襲の恐ろしさを強調していた。次はトルーマン大統領からの写真入の手紙で、「親愛なる日本国民諸子、アメリカ合衆国大統領より一書を呈す」の呼びかけで始まり、「……われらの目的は、日本国民の奴隷化にあらざること断言して憚らず」と結んでいた。書体が手書きの筆書体で、文体も古風だから、変な手紙だなと思った。

　もう一つの小型のビラは、片面が聖徳太子の十円札の精巧な複製で、裏面には「昭和十六年にはこの十円で次のものが買えた……絶望的な戦争を続けた今買えるものは……」と、戦前と今との物価の違いを列挙していた。今の方に「闇値にて白米一升二合」と書いてあったのを覚えている。日米開戦から三年半で、公定価格はそれほど上ってはいなかった筈だが、食糧など生活必需品の闇値の値上がりは、すでに十倍を超えていたと思う。米などは、値段にかかわらず手に入らなくなりつつあったのではなかろうか。母たちは、「本当にこれだけ買えれば助かるよ」と、アメリカの宣伝が的外れなのを笑っていた。しかし考えてみるまでもなく、日本国内の物資不足は、アメリカが掴んだ情報よりも、さらに深刻になっていたことになる。

建物強制疎開の風景。軍隊が出動して短時間で破壊した

第六章　家族への召集令状

召集令状が来た

五月の末に、区役所横の焼け跡が、畑として隣組に割り当てになった。石や瓦の破片などを取り除くのが大変で、しばらくは一家総出の作業になった。瓦礫の中から鍬二本とシャベル三本が出てきたので、早速なおして使っていると日記に書いてある。よく探せば、焼け跡からは意外な掘り出し物が出てくるのだった。鉄製の五右衛門風呂も掘り出して、わが家の庭に運んで予備の用水入れにした。一週間ほどで見違えるような黒土の畑になって、トマト、南京豆、茄子、菜っ葉を植えた。隣組の中でも一番の畑になったと、自慢げに書いている。叔父がいたから、プロの農家の仕事をしてくれたのに違いない。いろいろな人から助けて貰える家族だった。

「荏原の叔父さん」と呼んでいた開業医の叔父は、焼け出されて千葉へ帰っていたのだが、ついに召集令状が来た。地元で神様のように慕われていた名医だったから、もちろん軍医としての召集ということだった。川崎の部隊に入ることになったそうで、その前日の六月十三日には、家で送別会をした。母が長女で、二番目の弟が医者、その下の弟が警察官だから、三きょうだいが久しぶりにわが家で食卓を囲んだ。いろいろごちそうが並び、ビールと葡萄酒が出て、酒に弱い警官の叔父と私も、少し葡萄酒を飲んだ。下の叔父と私は、食後すぐにふらふらになって寝てしまったようだ。

軍医になった叔父のその後をみんな心配していたが、新兵教育で殴られたのは一回だけで済んだそうで、後は外出日に訪ねて来る度に、驚くほどの早さで「兵隊の位」が上っていった。間もなく少尉だか中尉だか、従兵のつく士官になってしまった。「あの子は要領がいいから大丈夫だよ」と、母が言っていた通りになった。私は、軍隊も案外いいかげんなところだなと思った。

六月十八日、一高の寮にいた兄が久しぶりに帰ってきたところへ、召集令状が来た。前年から学徒出陣で文科系学生の徴兵猶予がなくなっていたから、予想されていたことではあった。入隊は群馬県沼田の迫撃砲部隊、入隊日は七月十五日と決められていた。まだ先のことだから家族にあまり動揺もなく、残りの時間をどう過ごすかが話題になった。結局、兄は旅行したいということになり、十日分の米を持って二十八日から京都方面へ出かけた。人生最後になるかもしれない時間に京都の社寺を巡りながら、兄が何を考えたのか私は知らない。兄は入隊前に日記帳を固く封印して、「俺が死ぬまで開けるな」と厳命して置いていった。

兄は予定通り七月七日に帰ってきたのだが、その頃は地方中小都市への空襲が激しかった。乗った汽車は浜松で打ち切りになり、三本の列車の乗客が一本にまとめられた超満員の臨時列車も、周囲に不発弾が多数あるということで、超ノロノロの運転だったそうだ。結局、予定よりも十時間遅れたということだった。兄も私も鉄道大好き少年だったから、遠くまで汽車旅行してきたというだけで、私はとても羨ましかった。

寺子屋の復活

昭和二十年（1945）六月十日の日記。「畠へ行く途中、区役所の前に紙が貼ってありました。それには『十一日から学童の教育を始めます。』と書いてありました。学校が始まっても、あまり生徒はゐないでせう。六年生は八人しかゐません。」後は、今日もB29三百機とP51七十機が来たという空襲の話で埋まっている。

久しぶりの学校へ、翌日に喜んで行ってみたのだが、何も始まらないうちに警報が出て、すぐ帰宅になってしまった。「ポーが鳴るたびに帰ってしまったのでは、勉強なんか出来やしません。」と日記に不満を書いている。結局、勉強らしいものが始まったのは四日目からだったが、一時間目は戦争の話、二時間目は自習で終ってしまった。教科書も主要教科だけで、図工、地理などは、やらないようだった。さらに翌週には組替えがあって、全校で百名足らずの生徒が三つに分けられ、各三十名ほどは近くの神社と寺に通うことになった。約四十名の本校でも、学級は一つにまとめられた。生徒を分散させる方針だったのだろうが、平時には千五百名の生徒がいた学校は、教室一つだけの寺子屋になった。六年生は四名で男は私だけ、五年が二名、四年七名、三年三名、二年約十名、一年約十五名の構成で、私が級長になった。

しかしこの人数は疎開する子が出るたびにどんどん減って、最後は二十名ぐらいになって終戦を迎えることになった。低学年の生徒が多かったから、授業らしいのは一、二年生向けだけで、ただ一人の六年生になった私は、担当の教頭先生から何かを教えてもらった記憶がない。もっぱら毎日が自習で、与えられた課題を書いて見てもらったり、質問があれば聞きに行く程度だったと思う。むしろ小さい生徒の面倒を見る、先生の助手みたいな立場だったかもしれない。椅子にきちんと座って前を見ているだけで、「お兄さんの姿勢を見てごらんなさい」と、お手本にされてしまった。

話は学校再開当時にもどるが、当時は焼け跡では隣組が消滅しているので、学校から保護者への連絡も、確かな方法がなくなっていた。先生から頼まれて「国民学校保護者総会の告示」というのを、高学年が町の要所に貼って歩いた。区役所前に貼ったときは、通る人がみんな立ち止まって見てくれるので、ちょっと得意だった。郵便局など、人の集まりそうな所を選んで貼りながら、最後は駒込の駅まで行った。駅で目的を話したら、駅員は「いい所に貼って上げるから、置いて行きなさい。」と言ってくれた。そして「紙を置いて帰りかけたら、またいつもの『ポー』が鳴りました。」と、空襲の警報を、日常の風物のように日記に書いている。

学校の分校になった平塚神社と城官寺《じょうかんじ》へも、本校からの連絡などで時々は行ったことがある。畳敷きの広間に座机を並べ、小さな子供たちが座って先生と相対している風景は、まさに寺子屋そのものだった。

空襲は空の活劇

われながら不謹慎な、と思うのだが、少年の私にとって、空襲は面白かった。一つの場面ごとに切実な勝ち負けの感情が入るから、スポーツ観戦の比ではないのだ。とくに七月になって小型機の来襲が多くなってからは、空中戦は複雑になった。高空でのB29に対する戦闘は、一定の速度で通過する敵の編隊が主役だったが、低空での戦闘機同士の戦いでは、文字通りに敵味方が入り乱れる。敵味方の飛行機の区別は、一目見てわかるようになっていた。

滝野川区の焼け残り地区も、その後も何度か明らかに攻撃の標的になった。七月八日の昼空襲では、少数のB29が久しぶりに焼夷弾を投下して行った。集束焼夷弾が空中で拡散して、花火のように無数の細い煙の白線を広げ、ゆっくりと傘を広げるように落ちてくるのがよく見えた。このときも風に流されて焼け跡の方へ外れて行ったから、「ザマァみろ、当るもんかい」と落ち着いて見物していた。続いて小型機の登場となり、高射砲の煙が予告する方角の屋根の下から、敵機がぐうっと上ってきた。その数が一、二、三、四と増えて、たちまち十機ほどの編隊になった。その中へ、日本の戦闘機が一機、反対側から突っ込んで行った。敵機の編隊は旋回して高度をとると、学校の校舎の向こう側へ順次急降下して行った。方角から見て、王子近辺に襲撃の目標があったようだ。そして、そのまま視界に上っては来なかった。そのように、一瞬現れたと思ったら、風のように去ってしまうのが小型機の特徴だった。

翌々日には、小型機の編隊から離れた敵の一機を、高射砲が執拗に追尾して撃墜するまでが、つぶさに見られた。敵機は明らかにジグザグ飛行をして逃げようとしているのだが、高射砲弾は先回りするように炸裂して、ついに北の方の空で命中させた。これは戦闘機ではなくて攻撃機だったかもしれない。戦後にハルマヘラ島からの復員兵に高射砲部隊の話を聞いたことがあるが、実戦を重ねるうちに、命中率は驚くほど向上してくるということだ。

この頃の日記をくわしく見ると、空襲のまったくない日というのは少ないようだ。東京には来なくても、瀬戸内海に機雷投下とか、あまりよく知らないような中小の都市も空襲を受けている。また小型機の攻撃は、日本の航空基地や鉄道、港湾などに集中していたようだ。空襲警報も、神奈川と千葉だけとか、狭い範囲で出るようになった。「東部軍管区情報もずうずうしくなって……」などと日記に書いてある。

ずうずうしくなったのは、私たちも同じである。空の活劇をこれほどよく見ているのだから、何のために防空壕があるのかわからない。爆弾の落ちてくるのが見えたら入るつもりだったのだろうか。敵機が真上に来ないからといって、高射砲弾の破片が落ちてくるだけでも危険な筈である。しかし親は叱りもしなかった。私も「お母さんは入っていた方がいいよ」ぐらいのことは言っただろうか。東京は、毎日戦場だったのだ。

兄の出征

兄の入営日もだんだん迫ってきた。本人はじめ家族は、静かに送り出したい気分が強かった。学校の友人が送別会をするというのも、兄は強く希望して断ったということだった。家の中全体に、派手に送り出すような俗っぽいことはしたくないという気分があった。隣組にも知らせないつもりだったのだが、母が転出の手続きをするときに事情を聞かれて、結局は知らせが回ってしまったようだ。入営予定日三日前の七月十二日に、近所のおもな人たちが「坊ちゃん御出征だそうで、おめでとうございます」と、ぞろぞろやってきた。兄は本人だから顔を出さないわけにも行かず、適当に頭を下げてはいたが、みんなが帰ったら「チェッ、やかましいや」と笑っていた。当日の見送りをしましょうという隣組の申し出は、何とか断ることができた。

その翌日には、写真を撮ってもらうために行きつけの写真館へ私が自転車で頼みに行ったと、日記に書いてある。私はすっかり忘れていたのだが、あの時期によくもそんなことが出来たものだと思う。古いつきあいだから、父母が特に希望したのだろう。そういえばアルバムに学生服姿の兄の大写しの写真が貼ってあったから、そのときのものに違いない。戦死したら葬式に飾る写真になった筈だ。同じ日に家族が揃った写真も撮ったと思うのだが、この方は強い印象は残っていない。

出発の前夜には、缶詰を開けたり卵を使ったり、最大限のごちそうが並んだ。果糖（砂糖の代用になる甘味）を使った甘いものも出て、兄は何度も「もう食えねえや」と言っていた。食卓の会話は、いつもと何の変りもなく、父母と兄がとりたてて改まったことを言う場面もなかった。ただ、軍隊では腹が減るだろうという話が出て、手紙には検閲があって自由に書けないだろうから、腹が減ったら「胃腸の具合がいい」と書くよと兄が言った。後日談になるのだが、入隊してから来た兄の簡単な手紙の最後には、「胃腸の具合は、きわめてよろしい」と書いてあった。だからといって、家族はどうすることもできなかったのだが。

当日の朝六時に、兄は「じゃあ行ってくるよ」と、簡単に言い残して出て行った。私と母は「行ってらっしゃい」をちゃんと言うひまもないほどだった。父と姉は駒込の駅まで、叔父は上野の駅まで送って行ったと日記にある。私の記憶には、母と二人で静かになった家の中にとり残されたときの、「本当に行ってしまった」という空虚感だけが、かすかに残っている。

その間にも戦局が静かだったわけではない。兄の入隊の前日には、岩手県の釜石で日本本土に対する初めての艦砲射撃があった。同時に機動部隊の艦載機約千機が、東北地方と北海道南部に来襲したという記事がある。このときは日本製鉄の釜石製鉄所が狙われたのだ。艦砲の届くところに敵の艦隊が現れても、日本軍にはそれを撃退する戦力がなくなっていた。関東地方に空襲が少ない日であっても、戦局は日に日に悪化していたのである。

沖縄戦の最後

戦前の少年にとって、沖縄はあまりなじみのある県ではなかった。もちろん「内地」の一部ではあるのだが、鹿児島と台湾の間にある小さな島というだけの知識だった。観光で有名ということもなく、物産も偉人も、沖縄から連想するものは何もなかった。知る限りの知人の中にも、沖縄とかかわりのある人はいなかった。だから三月の末にアメリカ軍の上陸が始まったときも、日本の本土の一部が攻撃されていて、そこには日本の同胞がいるという切実な感覚はなかった。ただ地図を見て、こんなに近い所まで攻められるのでは大変だと感じた程度だったと思う。いま沖縄という地名を口にするときに、一種の切ない愛しさを感じる私の感覚は、すべて戦後になってからの見聞によっている。

四月以降の私の日記帳でも、沖縄の戦況はもちろん大きな部分を占めている。その大半は特攻隊の攻撃で敵艦を何隻沈めたという大本営発表の「戦果」の羅列にすぎないのだが、沖縄での戦闘は三カ月近くも続いた。その間にはルーズベルト大統領の急死や、ナチス・ドイツの崩壊といった大ニュースもあった。沖縄は、よくがんばっているというのが、当時の印象だった。というのは、それまでのアッツ島から硫黄島に至る島々での玉砕では、敵の上陸が報じられ、激戦中との報道や戦果の発表があって、最後に「海ゆかば」の曲つきの大本営発表で守備隊の玉砕が伝えられるまで、二週間から一カ月ぐらいというパターンが何度も繰り返されていたからだ。戦略的に言えば、サイパン島を失ってからの日本の戦争は、絶対に勝てる見込みのないものになっていた。後は「できるだけ抵抗して時間を稼ぐ」という問題先送り思考になるのだが、時間があれば本土防衛の準備が整う保障などは、何もなかったのだ。千葉では海岸地帯から子供と老人は退去するよう勧告があり、それ以外は逆に移動を止められたと聞いている。住民を竹槍で戦わせるつもりだったのだろう。

沖縄ではよく戦った、しかし軍は最後の突撃を敢行したという大本営発表は、私の日記では六月二十五日の午後二時半と記録されている。そして三カ月に及ぶ戦闘の「戦果」として、地上で約八万人、海上で撃沈破約六百隻の損害を敵に与えたと総括している。その間に沖縄の県民はどうなったのか、私たちに届いた情報は何もなかった。ただサイパン島のときのように、「現地民間人も、おおむね軍と運命を共にせるもののごとし」といった言及もなかった。

私にも、何の想像力も働かなかった。「ああ、沖縄も終ってしまったな」と思っただけである。私は東京で毎日空襲を経験してはいた。しかし家が焼けもせずに空中戦を見物していたのを、戦争体験と呼ぶのは、おこがましいだろう。戦争をすれば人は死ぬ。その現場にいた人と、現場にいなかった者とは、感覚を共有することはできない。映画を見、本を読み、現地で体験者の話を聞くことで私の感覚は変った。だから私はやはり「戦後世代」の仲間なのだ。

無視されたポツダム宣言

沖縄戦が終り、兄が入営してしまった後、上の姉も第一高女を卒業して自由学園に入り、寮に入ることになった。自由学園は『婦人之友』を創刊した羽仁もと子が創立した学校で、キリスト教的「自主、自労」の精神を尊ぶ教育方針を掲げていた。戦時中も「自由学園」の名を守り抜いたユニークな学校で、文部省の学校令によらず、正式な学歴を目的としない教育を貫いていた。父がこの学園を姉のために選んだのは、その反骨精神が気に入ったからかもしれない。それにしても、入学式が七月一日とは、いろいろな混乱があったのだろう。入学式の前日には、姉の友だちが四人も家に集まって、米の粉でお団子を作って食べたと日記に書いてある。

七月の十八日になると、敵艦隊は鹿島灘の沖に現れ、水戸市と日立市に艦砲射撃を開始した。数日後には、房総半島南方二十キロで、わが輸送船団の護衛と敵艦隊との間で海戦があったと報じられた。東京湾の鼻先も、もう日本の海ではなくなったのだ。七月二十四日には、敵機動部隊の艦載機、沖縄と硫黄島基地からの中小型機が合計して約二千機、さらにマリアナのB29約七百機が来襲して、東海、中部、関西地方に最大規模の空襲があったと報じられている。そして「わが方に若干の損害がありました」とだけ書いてある。「若干」で済むわけはないのだが。

記録によれば、この二十六日に連合国は日本に対して降伏の条件を示す「ポツダム宣言」を発表している。これは直ちに日本国内にも知らされるという異例の措置がとられた。私もラジオで聞いたし新聞でも読んだのだが、意外なことに日記帳のどこを探しても関連する記述がない。日本のことを敵国が勝手に決めているという、バカにされた不快感が強かったことは覚えている。「日本の領土は、北海道、本州、四国、九州及び、われらの決定する諸島に限定せらるべし」という条件も当り前のことで、それが寛大な条件などとは夢にも思わなかった。この条件を呑めば戦争が終るのだという前向きな考えは、まったく浮かばなかった。私だけでなく、父からも母からも叔父からも、ポツダム宣言が話題にされることはなかった。なぜみんなで無視したのか、今でもその理由はわからない。

わが家の空気をそのまま移したように、数日後に「ポツダム宣言は黙殺する」との内閣情報局の談話が新聞に小さく出た。新聞の論説も尻馬に乗るように、「返事なんかしなくていい、黙殺に限る」という趣旨を書いていた。私は、そんなものなんだろうな、俺たちにはどうせ関係ない話だよなと、にぶい頭で考えていた。事実は、この黙殺発言が決定的だったのだ。ソ連の参戦も原爆の投下も、いずれもこの「黙殺という名の拒否回答」を理由として行われた。日本の国民を長く苦しめることになる二つの大きな災厄を呼び込んだこの黙殺発言は、じつは「ノーコメント」の気持だったという。私もあのとき、父にちゃんと問いただしておくべきだったのだ、ここで降伏しないと、どうなるのかと。

黙々と壕を掘る

ポツダム宣言は隣組でも学校でも、決して話題にされることがなかった。もしもあのとき「それでいいから戦争を止めてくれ」という意見が国民の間から多数出たら、政府の対応は変ったかもしれない。情報を公開したのは、国民の反応を見ようという意図があったからだ。政府はすでにソ連を仲介とする間の抜けた和平交渉を考えていた。しかし国民はあまりにも従順だった。「戦い抜こう大東亜戦」のスローガンに慣らされ過ぎて、それ以外の発想の自由を失くしていた。「降伏」を口にしたら特高警察に捕まるという恐怖もあった。国民の意見を聞く道は、政府自身の手によって閉ざされていたのだ。

わが家では七月の下旬から新しい壕掘りが始まった。母屋の地下を南北に貫く大トンネルの計画で、避難用ではなく、家財を収納する安全な地下室を作る趣旨だった。母屋もいずれは空襲で焼けることが必至だったからだ。この工事には叔父の巡査仲間が全面的に協力してくれた。竪穴の上には丸太を組み合わせて重石でバランスをとる簡易起重機を設置したから、土の運び出しの能率は、格段に向上した。一週間もしない空襲の真っ最中に、南北の穴は貫通した。日記によると、この前後は空襲警報は気にしないで壕堀りばかり続けていたようだ。

父はとっくに東京に居座る覚悟を決めていたと思う。もし家が焼けたら、そのときに下の姉と私の疎開を考えればいいと思っていたのだろう。父もやはり過度に時代に適応した人だった。もしあのまま東京に地上戦が迫っても、その中で家族を守ることを考えたのではなかろうか。

壕掘りは学校でも盛んに行われた。八月四日には分校の生徒も全員集められて、三年生以上の全員で区役所横の焼け跡に建築中の壕舎作りの仕上げを手伝った。土を掘り下げ、柱と板囲いを作ってから土を埋めもどして最後に屋根を乗せるのだが、その屋根の上に五、六年生が赤土を篭で運んできてかぶせ、三、四年生が足で踏み固めた。朝の八時半から一日かけて、立派な壕舎が出来上がった。木造校舎の地下に掘られた防空壕は危険だということが、ようやくわかったのだろう、この頃には全く使われなくなっていた。私は家に帰ってからも自宅の壕掘りを夜遅くまで手伝ったので、今日は朝から夜まで壕掘りだったと、日記帳でぼやいている。

その前日の八月三日には、昼間に一機だけで来たB29が、久しぶりに高高度で通過した。こういうB29には、日本の高射砲は発砲しなくなっていた。双眼鏡で見ていると、B29は何か煙のように広がるものを次々に投下した。よく見ると、それは無数の宣伝ビラだった。双眼鏡の視界一杯に、ばい菌のような小さな白いものが、うようようごめいていた。青空を背景にしたそれは、美しいとも言えるものだった。おそらくは日本の降伏を促すビラだったのだろう。まっすぐ落ちてこないかと期待していたのだが、風の流れは合わなくて、どの団塊も遠くへ外れて行ってしまった。自転車で追いかける気にならなかったのは、空襲警報発令中だったからだろうか。

新型爆弾とソ連の参戦

八月七日の午後、久しぶりの大本営発表があった。昨日六日に少数のＢ29が広島に飛来して新型爆弾を投下し、そのために相当の損害を受けたというものだった。そのあと簡単な説明があって、この爆弾は落下傘がついていて空中で爆発し、大きな爆発力と高い熱を発生するということだった。熱を防ぐには、白い布を被るといいというようなことも言っていた。私の日記には、勝手な解釈で「破片が遠くまで飛び散るのだそうです。」などと書いてある。

翌日の新聞には「敵、残虐なる新型爆弾を使用」などと書いてあったが、写真もなく、くわしい解説が出ていたわけでもない。要するに何のことかよくわからなかった。一瞬で広島の市街が壊滅し、十四万人の死者が出たなどとは、想像も及ばないことだった。戦争の初期から、「マッチ箱ぐらいの大きさで戦艦も沈めてしまうような、すごい爆弾が研究されている」という話は聞いたことがあった。しかし兄はいなかったし、この新型爆弾がそのような全く新しい種類の兵器だということは、父にもすぐには理解できなかったようだ。

八月九日には、ソ連軍が満州で国境を越えて侵入したというニュースが飛び込んできた。やがてソ連が日本に対して宣戦を布告し、日満軍は自衛のために迎撃中という発表があった。「日ソ不可侵条約は成立の基礎を失った」というスターリンの声明があったということで、それを伝えるラジオは、昨日までは必ず「スターリン議長」と呼んでいたのに、この日から「スターリンは……」と呼び捨てになった。それを聞いて、ソ連が敵国になったことを実感した。

　この日には、長崎に二発目の原爆が投下されている。しかしそのニュースをラジオで聞いた覚えがない。翌十日の新聞に、小さくふつうの事件のような扱いで「長崎にも新型爆弾」と出ていた。しかし大きな見出しはすべてソ連軍との戦闘で占められていた。さすがに父も「これはどうなるんだ」と不安を口にしたのだが、もちろん家族の誰も、どうにもする方法はなかった。

　ソ連の攻撃と呼応するかのように、十日には激しい昼の空襲があった。戦爆（戦闘機と爆撃機）連合の大編隊が関東地方に来襲して、東京上空の中高度にも、昼近くにB29が整然とした編隊で爆撃に来た。爆音だけで家のガラスがビリビリ共鳴するほどの大音量になり、爆弾が近くに落ちたときは振動で隣家のガラスが数枚割れた。「B29が並んで通って行くのはとても見事で、一機は白煙を吐いて墜落しました。」と日記に書いてあるのだが、どうして壕にも入らずに見ていたのか、自分でも理解できない。

　この夜の大本営発表は、樺太へのソ連軍の攻撃などを伝えていたが、その中に一つだけ明るいニュースがあった。北朝鮮沖でソ連軍の空軍から攻撃を受けたわが護送船団は、そのうち十四機を撃墜して撃退し、わが方には被害なしということだった。これは大本営発表の中でも数少ない本当のニュースだったと言われる。歴戦のアメリカ軍機とは格が違ったのだろう。

8月7日

起床　就床　天氣　温度　受信　發信

特別記事

今日午後、大本營發表がくしぶりにありました。近ごろ、どこの國の飛行機か不明の起重爆撃機二三十機が、アメリカのニューヨーク市を爆撃したといふうはさがあったので、それがなと思つてゐたら、正反對で、八月四日に、B29少數機が廣島に新型爆彈を投下し、そのため、相當の損害を受けたといふ發表でした。この新爆彈は、落下傘がついてゐて、空中できのすごい勢で爆發し、すごい熱を出し、破片が、遠くまで飛び散るのださうです。

二六〇一年の今日　蘭・諸威の海空基地強化、對英上陸作戰進む。

二二七

広島への原爆投下を伝える日記。実態がわからず、すごい熱を出し破片が遠くまで飛び散ると書いている

第七章　戦争が終った

玉音放送を聞く

昭和二十年（1945）の八月十二日は日曜日だった。この年の夏休みはどうだったかについては、記憶もなければ日記の記録もない。八月になっても壕作りに動員されているから、まとまった休みではなかったような気がする。十二日も十三日も、激しい空襲はなかった。とくに十三日は、空襲警報が出て敵の小型機が上空を旋回しているのに、薄曇りの空に散発的な高射砲が上るだけという、間の抜けた空襲だった。

十四日にも空襲の記録はなく、大本営発表は鹿島灘東方で敵空母と巡洋艦各一隻を撃沈と伝えていた。同時に樺太にソ連軍が上陸し、朝鮮では五十キロ、満州では二百キロまでソ連軍が侵入したと発表している。そしてこの日午後、ラジオで「明日正午に重大な発表があります」との告知があった。ソ連への宣戦布告ではないかという予想もあったが、日本の降伏を予想する意見は、家の中でも言葉としては出なかった。そして十五日の朝になると、正午からの放送は天皇の玉音によるものであるから必ず聞くようにとの注意が、何度も繰り返された。朝の新聞は配達されなかったが、その意味は誰にもわからなかった。空襲もなく、静かなままで昼になった。

時報に続いて情報局総裁の紹介アナウンスがあり、君が代の演奏が流れた。その後、聞き慣れない声で抑揚の少しおかしな勅語の朗読が始まった。「ここに非常の措置をもって事態を収拾せんと欲し……かの共同宣言を受諾する旨通告せしめたり……」あたりで、ポツダム宣言を受諾して降伏する決定であることがわかった。家族はもちろん全員で聞いていたのだが、放送が終っても、とくに激しい感情は起こらず、言葉は少なかった。戦争が終ったことはわかったが、これからどうなるのかは、誰にも何もわからなかったのだ。ただ私としては「家が焼けないで残った」ということを強く意識して、それを口にも出したような気がする。しかし、喜んだりしたら悪い、というような気分があったことは確かだ。なにしろついさっきまで戦争継続を前提にすべてが動いていたのだから。

やや落ち着いて物が考えられるようになったのは、午後の三時ごろになって、やっと当日の新聞が配達されてからである。家では新聞は五種類ぐらいとっていたから、みんなで順番に食い入るように読みふけった。紙面はみごとに終戦を伝え、敗戦の現実を知らせるものになっていた。御前会議の記事の見出しは「真白い手袋を御目に」と、決断した天皇の涙を伝えていた。父は広島の原爆の記事を読みながら「悪いものを作りやがって」とつぶやいた。そのとき私は初めて涙を流した。負けたことは、やはり口惜しかったのだ。

その夜の食事がどんなものだったのか、私は覚えていない。叔父はいなくて、家族だけだったと思う。母はどんな気持だったのか、そのときもその後も、私は聞いてみたことはないのだが、子供たちのために、深い安心を感じていたのではないだろうか。

それぞれの玉音放送

昭和初期までに生まれた者が共有できる話題に、「八月十五日の『玉音放送』を、どこでどのように聞いたか」というのがある。それを聞くと、その人の年齢も立場も、だいたいの見当がつくのだ。

国民学校三年生だった私の妻は、静岡と山梨県との県境に近い山村で、この放送を聞いた。父親は出征中、乳児とともに静岡市内に残った母親と別れて、六年生の兄を頭に四人のきょうだいが祖父母とともに、馬小屋を改造した小屋で気兼ねの多い暮らしをしていた。この日妻は「もうこれで空襲があるたびに『神様、お母さんをお守りください』と、泣きながらお祈りしなくてもいいんだなと、とても嬉しかった。」と手記に書いている。

兄は沼田の迫撃砲部隊にいた。集められてラジオを聞いたのだが、雑音が多くてよく聞き取れなかったそうで、何か言わなければならなくなった部隊長は、「思うにこれはソ連に対する宣戦の布告である。わが部隊の任務は、ますます重い。」と訓示したということだ。兄たちの一期前の部隊は、沖縄へ送られて全滅したとも聞いた。兄の新兵生活は、一通りは苦労したようだが、エリート高校生ということで、学科などの成績は格段の差があったから、それなりに一目置かれたようだ。ただしボロ兵舎で被服も十分でなく、食物が悪くて毎日のように下痢で悩んでいた。

肝心の兵器は旧式のガタガタの代物だったと、復員してから聞いた。

妻の父親は豊橋の連隊にいて、出動のための船を待っていた。しかし船の手配の遅れで待機が続いている状態で、この日を迎えた。「この放送のおかげで命拾いをした」と、実感をこめて語っていたのを何度も聞いている。

遅すぎた終戦ではあったが、この放送で多くの人が救われたことは事実である。おそらく国家としての形態を保ったままで意思決定できる、最後のタイミングに近かったことだろう。戦争は、臣下が作り上げた計画を、天皇が渋々ながら裁可したことで始まった。その戦争が失敗に終って収拾がつかなくなったとき、臣下は天皇の地位つまり「国体」がどうなるかわからないことを理由に決断を遅らせて、誰も責任をとろうとせずに天皇の決断を要請した。天皇の地位は国民の自由な意思で決定されるとの連合国側の説明を、天皇が「それでよい」と裁可したことで、終戦は決定したのだ。ここでは天皇が決めたことは絶対だからという理屈で、臣下が免責になった。

しかしこれらの過程は国民とは無縁のところにあった。政府が決めて天皇が裁可した方針は、変更不可能な絶対のものであって、天災と同じことだった。あの空襲下でさえも、戦争は止めたければ止められるものだということは、誰の頭にも浮かばなかった。嵐は早く過ぎ去ってほしいという思いはあったものの、それを止められる力は「天」にしかなかったのだ。終戦の告知は、やはり「天皇の声」でなければならなかったのである。

戦争は急に止まれない

昭和二十年（1945）八月十五日の終戦放送を境にして、世の中は正反対にひっくり返ったわけだが、私の日記帳は淡々と毎日の出来事をつづっている。誰かの随筆に「戦争に負けたのに、汽車がいつもの時間に走っているのを見て感動した」という経験が書いてあったが、毎日の生活が破壊されないかぎり、人間のすることは急には変らないものだ。

翌十六日に、学校で勅語の奉読式があった。生徒を立たせた前で、校長が四角い黒塗りの盆から詔書を取り上げて朗読した。その詔書が、いつもの立派な厚い紙ではなくて昨日の新聞の切り抜きだったから、滑稽で少し気の毒でもあった。途中で読めない字があったらしくて、しばらく考えている時間があったから、「ハゲヤクワン（校長のあだ名）は途中でつっかえた」と面白そうに日記に書いている。その後授業はなく、友だちと雑談をして、「オレ昨日は涙がでちゃった」と言う者が出てきたりして、その辺から終戦を話題にすることが禁句でなくなった。

校舎を使っていた通信隊の兵隊は、「山奥へ立てこもって匪賊でもやるか」と、元気そうに言っていた。空には日本の飛行機が飛び、「航空隊は戦い続ける」というビラをまいているというわさだった。偵察らしいB29が飛んでくると、高射砲は今まで通りに発砲していた。ただし空襲警報は、もう出なかった。

十七日になると、内閣が総辞職して、東久邇宮を首相とする新内閣が発足した。皇族が総理大臣になるのは、史上初めてということだった。天皇が直接に政治に乗り出したような印象があった。これなら日本の国は、何とかなりそうだという安心感が、少しあったような気がする。私も今にして、日本の国民の天皇に対する意識として、微妙な感情があったことを認めざるをえない。たとえば天皇の無謬性《むびゅうせい》、まさかのときの神頼みというような。

日記によると、少なくとも十八日までは、日本の戦闘機が自由に空を飛び回っていた。旋回してビラをまくのを見て、自転車で力のかぎり追いかけたのだが、残念ながら自分で拾うことはできなかった。姉から聞いた話だが、「海軍航空隊は、あくまでも戦う」というビラだったということだ。

もう灯火管制はいらないと思えたのは、三日目あたりからだったろうか。それでも私の提案で門灯に久しぶりに電球を入れて門前を明るくしたとき、父はあわてて「よせ、よせ」と止めた。近隣がまだ暗いのに、たしかにわが家の前の明るさは突出していた。あの家は敗戦を喜んでいると思われたらまずいという配慮もあったかもしれないが、とにかく目立ちすぎることは事実だったから、私も短時間の実験だけで消した。ところが翌日になると門灯はつかなくなっていた。調べてみると、電球がねじ切られていた。電球を盗もうとして外しそこなったのだろうと思ったが、悪意で電球を壊したように見えなくもなかった。しばらく電球は入れないことにした。

戦後の始まり

日記をよく読んだら、この夏は夏休みはなく、毎日学校へ行っていたことがわかった。空襲で授業時間数が不足したのを補うためだったと思われる。十九日は日曜日で、隣の家に数日前から来ていた小さい子供たちと遊んだ。二年生の男の子を頭に、六歳の女の子、二歳ぐらいの男の子の三人きょうだいだった。塀の下からこちらをのぞいているのに気がついて、わが家へ呼んで紙飛行機などを折ってあげた。話を聞いたら、品川で焼け出されたということだった。すぐに懐いてくれて、しょっちゅう遊びに来るようになったから、末っ子の私は、兄貴になったようで気分がよかった。

翌日の午後、二年生の子を自転車の後ろに乗せて飛鳥山公園まで行ってみた。通いなれた公園の筈だが、考えてみると空襲が来るようになってからは、ずっと行っていなかった。一面に高い雑草が茂っていたのには驚いた。どこが道かもわからない中を自転車で突っ切って遊び場へ行ってみると、ブランコ、すべり台などが、全部そのまま残っていたので、また驚いた。鉄製のよじ登り棒までが残っていたのは、奇跡のような気がした。あらゆる鉄製品が何度も回収されて、軍需品として供出されたのを見ていたからだ。大事にしていた鉄道玩具さえ、少し壊れたものは、鉄だから隣組の回収の日に出したほどだったのだ。

公園には他にほとんど人影はなかった。公園とは、こういうふうに遊ぶ所だったということを思い出しながら、新しい弟分を相手に、三十分ほどブランコをこいだり、すべったり、よじ登ったりして遊んでいた。遊具にあきると、自転車で草原に突っ込んで、探検みたいに走り回ったりもした。もう、空襲警報が鳴る心配はなかった。そのときには何も自覚しなかったのだが、あの楽しさは、子供らしい遊びの時間を取り戻した「平和の喜び」だったのに違いない。

二十一日に学校へ行くと、平塚神社と城官寺《じょうかんじ》の分校にいた生徒も、みんな来ていた。明日からは元のように全員が本校に来るようになって、一年から六年まで、すべて学年別の組になるということだった。人数は非常に少ないのだが、やがてみんなが疎開から帰ってくることは、すぐに想像できた。使う教室が増えるから、大掃除が大変だった。土ほこりがもうもうと立つので、拭き掃除では間に合わず、先生公認でバケツの水を何杯も床にまいた。

二十二日には、連合軍の日本上陸の日程が発表になった。二十六日に空輸部隊が厚木に着陸して、同時に艦隊が相模湾と東京湾に入り、翌日から上陸を開始するということだった。八月の終りまでに、二万の軍隊が関東地方に来ることになった。学校にいた通信隊の中に、中国大陸での経験があるという兵隊がいて、雑談に来たとき「ひどいことになりますよ」と言っていた。それを聞いた父が、姉たちに「お前たち、男装したらいい」と言い出すのを、私は半信半疑の思いで聞いていた。アメリカ軍がどんな行動をするか、想像できる者は誰もいなかったのだ。

空から始まった占領

昭和二十年八月二十一日から、ラジオで天気予報が復活した。たぶん太平洋戦争の始まりとともに、新聞からもラジオからも、天気予報は消えてしまっていた。天気の予想は軍事情報ということだったのだろう。だから天気はすべて当日の空を見て判断するものだと思っていた。その復活したばかりの天気予報で報じられたのは、台風が南方から関東地方に接近中ということだった。その台風は二十三日夜に襲来して、風雨が激しく、雨漏りする中で停電して、夜が明けたら庭は木の葉だらけで、立てかけてあった材木も、畑のとうもろこしも、すべて横倒しという惨状だった。戦争中にも、これほどの台風は来なかったと思う。

ラジオについては、春のサイパン島失陥以来、アメリカからの宣伝放送が始まっていた。このため日本側は同じ周波数にガヤガヤ声を重ねた妨害電波を出し続けていたから、放送の内容を聞くことはできなかった。その妨害電波がこの頃からなくなって、「アメリカの声」という放送が入るようになった。日本軍のおもな軍艦がすでに沈んでしまっていることなどを伝えていたが、そのような情報は日本の新聞にも出るようになっていたし、あまり面白い番組はなかった。もの珍しさでちょっとは聞いてみたものの、やがて興味をなくしてしまった。

台風が去った翌日の二十五日から、東京の空はアメリカ軍の飛行機に占領された。五、六機ずつ編隊を組んだグラマンF6Fが、後から後から際限がないほど、超低空を悠々と飛んできた。SB2CやF4Uもたくさん来たと日記には書いてあるのだが、それらがどんな飛行機だったのかは、私はもう覚えていない。日記のさし絵を見ると、翼が鳥の羽のように軽く折れ曲がった機種があったようだ。そのほかロッキードP38が双発双胴の重戦闘機だったことは、よく覚えている。それらは、とてもきれいで、今までそんなやつと戦争していたとは思えないほどだったと書いている。手ごろな高さを落ち着いて飛んでくれたから、細部までよく見えたのが快感だったのだろう。敵の飛行機だという意識は、早くもほとんど消えているようだ。

この日から一週間あまり続いたアメリカ軍の飛行部隊による大規模な示威飛行は、圧倒的な戦力を見せつけて、日本国民に抵抗の意志をなくさせることが目的だったに違いない。B29も低空を飛んでその巨体を見せつけた。銃座の配置がはっきり見えて、弾倉を開いたまま飛んでいる機もあった。私にとっては、それらは豪華な空中ショー以外の何ものでもなかった。私は明らかに、その眺めを楽しんでいたと思う。しかし、空襲で自分の家を焼かれ、家族の中から犠牲者を出していたら、また全く違う見え方をしたのではないだろうか。それらはつい昨日まで、私たちに襲いかかって、弾の雨を降らせた悪魔の翼だったのだから。

そうした中で二十八日にアメリカ軍は厚木飛行場に着陸を開始した。それに同行したアメリカ従軍記者は「日本人は冷静に占領を受け入れている」と報告したと、ラジオは報じていた。

相次ぐ復員

八月三十一日になると、アメリカ軍の飛行機の飛び方は、整然としたパレードのようになってきた。Ｂ29の大群も、みごとな編隊を組み、次から次へと上空を通過した。小型機も、威嚇するような低空飛行ではなくて、高度をとって編隊飛行するようになり、多いときは空一杯に百機ぐらいも同時に見えるようなことがあった。まさにわがもの顔の勝利飛行だった。

学校でも、飛行機が多いときは爆音に圧倒されて授業は中断し、先生を含めて窓に寄ってみんなで眺めていた。敵機の形と名前については、先生よりも生徒の方がずっとくわしくなっていた。そのときの雰囲気なのだが、もう「敵機」というイメージは、すっかり消えていた。今にして思えば不思議なのだが、あの激しい「鬼畜米英」の敵意は、いったい何だったのだろう。撃墜され落下傘降下したアメリカ兵を、田舎の人たちは日本刀で斬り殺したと言い、私たちもその話を驚きもせずに聞いていたのだ。それなのに「終戦の詔勅」を聞いてからわずか半月で、アメリカ軍に対する私たちの敵意は消えてしまっていた。日ごとの空襲がなくなったことで、正気にかえったに過ぎないのだろうか。それにしても、あまりにも急な意識の変化である。そしてその変化が、当時の私たちに少しも不自然とは感じられなかったことに、改めて恐ろしさを感じる。

この日の午後、学校から帰ると、医者で軍医になっていた叔父が復員してきた。なんと兵隊二人に荷物を担がせて連れてきていた。隊内の余り物資を払い下げられたのか、勝手に持ってきたのか、「あの子は要領がいいから」と母が言っていた通りになった。母は兵隊たちを「ご苦労さま」と接待して帰した。その夜には叔父が持ってきたキャラメルを食べた。そんな菓子を食べるのは、本当に久しぶりのことだった。叔父の話では、一時は憲兵になれば日本の軍隊も存続できるという話になって、全員が急ごしらえの「MP」の腕章をつけたのだが、結局はアメリカ軍に許されないことがわかって、部隊解散になったということだった。

　翌日の九月一日から、学校は午後までの六時間授業が復活した。その日に学校から帰ると、兄が沼田の部隊から復員していた。ずいぶん痩せてはいたが、ともかく以前と変らない調子で話していた。兄が持ち帰ったおみやげは、キャラメル一箱、靴一足、靴下九足、毛布三枚、石鹸四個、乾パン一袋、その他いろいろあったと日記に書いてある。家に帰りつくまでの交通には苦労したらしく、前夜は一睡もできなかったと言っていた。

　今これを書きながら、戦争の犠牲者を出した家庭のことが気になる。生死を分けたわずかな運命の違いは、「運が悪かった」で済ますには、あまりにも重い現実だったろう。しかし私の友人の間でも、戦死者を出した家庭は意外なほど少なかった。私たちは、現役で多くの戦死者を出した世代とは、ちょうど半世代ずれていたのである。だから親も子も、戦争の当事者にならずに済んだ。その立場を踏まえて、私は語り続けるしかない。

鬼畜米英という虚像

日付を追って思い出す記録は中断するのだが、終戦を境にして起こったアメリカ軍に対するイメージの急変について考えてみたい。戦争中のアメリカは「鬼畜米英」であって、機会さえあれば日本人を殺したがっている残虐非道な民族ということになっていた。そのようなイメージは、どのようにして私たちに植え付けられたのだろうか。幸か不幸か、私は戦前のアメリカが日本の友好国だった時代を知らず、親戚にもアメリカと縁のある人物はいなかった。

私が少年雑誌で読んだ記事に、青い目と金髪の人形はアメリカの謀略だというのがあった。日本の女性とくに母親は世界に誇るすばらしい人たちなのに、青い目や金髪がすばらしいと思わせて、日本民族を堕落させようとしているというのだ。ちょっと変だなと思ったが、姉たちもそんな人形を持っていたから、そんなものなのかなと思った。アメリカの歴史についてのラジオ番組では、アメリカ人が黒人の奴隷をどのように残酷な方法でリンチして殺すかを、微に入り細に入り放送していた。前後の説明は覚えていなくても、刺激の強いその部分だけは記憶に残っている。そしてそんな話は歴史の中ではなくて、今もアメリカの日常であるかのようだった。

戦局が進んでガダルカナル島の苦戦が伝えられた頃に流されたのが、以前にもふれた「アメリカ軍は病気で動けなくなった日本兵を飛行場に並べて、ローラーで引き潰している」という情報である。私はラジオで聞いたと思うのだが、警察官の叔父も同じことを言っていたから、どこかの新聞にも出たのかもしれない。また、アメリカの刑務所では、凶悪な犯罪者を出所させて、日本軍と戦わせるために前線に送っているという話が、雑誌に出たこともある。これらの話がどこまで根拠のあるものだったのか、誰が責任者として流したのか、今から確かめるのは容易ではないだろう。しかし断続的にその種の話を聞かされ続けていれば、アメリカに対して良い印象を持つ筈がない。

ラジオの子供の時間に、作文の入選作を、子供が自分の声で読み上げているのを聞いたことがある。その中に「ぼくたちはアメリカの子供とけんかしても決して負けないで、アメリカの子供を泣かせます。」というのがあった。それを聞いていた父が「子供にまでそんなことを言わせて」と、さすがに怒りの声をあげたことがあった。

そんな下地があったところへ、私たちは空襲を受けた。攻撃される恐怖は、それを与える敵への憎悪になる。「鬼畜米英」は、やはり本当だったという確信にもなっただろう。それが直接に敵と対面する地上戦だったらどうだろうか。鬼畜にすがって生き延びるという発想は、なかなか出てこないのではなかろうか。集団自決の悲劇の底に、「鬼畜米英」の虚像があったのは事実だと思う。だが、戦火が止んだとき、虚像が消えるのは早かった。もともと虚像には現実の根拠はなかった。無理やりに作り上げられた虚像は、存在理由の消滅とともに消えたのだ。

去る者と来る者

年表によると、連合軍最高司令官マッカーサーは八月三十日に厚木に到着し、九月十五日から日比谷の第一生命ビルを総司令部（ＧＨＱ）として使用している。この頃から新聞には毎日のように、マッカーサーとＧＨＱの字が大きく出るようになった。九月二日にはアメリカの戦艦ミズーリの艦上で、降伏文書への調印式が行われている。しかし私の日記は身辺雑事が中心で、それらのことには触れていない。それでも当時学校で流行した替え歌を、よく覚えている。

「出てこいニミッツ　マッカーサー　出てくりゃ地獄へ逆落とし」（「比島決戦の歌　西條八十作詞・古関裕而作曲」で、本当は「いざ来い……」だった）の歌を、「出てこいニミッツ　マッカーサー　出てくりゃ日本逆落とし」と歌ったのだ。世の中がひっくり返ったおかしさとともに、自虐的だが負け戦続きの鬱憤を晴らすような感覚があった。メロディーそのものは元気の出る歌だったし、歌って先生に叱られることもなかった。

学校に駐屯していた通信隊は、毎日ドラム缶の焼却炉で大量の書類を燃やしていた。そして九月上旬に、別れの儀式もなしに撤収して行った。いなくなった後の教室の黒板には「お世話になりました」と大きく書いてあった。そのまた下には「臥薪嘗胆《がしんしょうたん》」の文字があった。先生が、その言葉の意味を授業で説明してくれた。家に帰ってその話をすると、意外にも父の反応は「そんなこと言ってちゃだめだ」だった。復讐戦で戦争のやり直しを考えるより、将来を考えろということのようだった。

九月五日に、学校に新任の先生が来た。岩沢先生というその人は、海軍航空隊の中尉で、神雷特攻隊の隊員ということだった。後に聞いたところによると、師範学校在学中に海軍予備学生の十三期に応募し、一式陸攻の操縦士になって、終戦時には人間爆弾の「桜花」を抱いて行く特攻隊に所属し、出撃命令を待っていたのだそうだ。きりっとした好男子で、指導もきびきびしていたから、たちまち生徒たちのあこがれの的になった。机を運ぶときなどには「取り舵いっぱい、ようそろ」などと号令するから、先生との作業は楽しいことこの上なかった。何かがうまくいくと、「どんぴしゃり」と褒めてくれた。すべて海軍用語で、軍人へのあこがれは、私たちの中に、まだ色濃く残っていたのだ。先生も、子供たちと接することで敗戦の虚脱から立ち直ることができたと語ってくれたことがある。こういう優秀な人たちも、もう少し戦争が続いていたら、私たちは失っていたかもしれない。すでに失われた人たちは還らないけれど。

九月六日の日記には、日本海軍壊滅の実情が、くわしく書いてある。戦える戦艦はゼロ、空母二隻、巡洋艦三隻、駆逐艦十六隻しか残らなかったとのことだ。飛行機の生産は、昭和十九年の六月がピークで月産三千機に達したという。逆に日本にもそれほどの力があったのかと驚いた。しかし、もちろんアメリカの国力とは格段の差があったのだ。

アメリカ兵を見た

私の家は幸いにして戦災を免れたのだが、疎開の中継地に予定して荷物を送っておいた静岡の親戚の家、つまり後に私と結婚して妻になる人の家は焼けてしまって、祖父母と子供たちは山奥の父の実家へ行き、母親と乳児は焼け跡の仮小屋に住んでいた。そこで上京してきた伯父伯母（私の妻からは祖父母に当る）に、柱時計、ラジオ、鍋釜など生活用品を、わが家の備品から一部を分けて持ち帰ってもらった。その見送りに駒込の駅まで行った九月八日に、初めてアメリカ兵を見た。山手線の貨物線を、珍しく客車の列車が走って来るので見ていたところ、乗客はアメリカ兵だったのだ。「帽子をチョンチョコリンにかぶって、こっちを珍しさうに見てゐました。」と日記に書いてある。

後では見なれた風景になるアメリカ軍の布製の軍帽だが、いかめしい鉄兜でなく、ちょっと斜めに頭に乗っている帽子は、なんとなくユーモラスに見えた。先方も日本の風景が珍しいのだろう、好奇心にあふれた顔が、窓ごとにこちらを見ていた。白人というイメージとは違って、妙に赤っぽい顔色だと思ったが、敵意も獰猛さも感じられなかった。北関東か東北方面に送られる部隊だったのだろうが、こちらから見れば珍しい動物に出会ったのと同じことだった。

九月十二日にはGHQから三十九名の戦争責任者が発表された。最初の名が東条英機陸軍大将だったが、アメリカの憲兵が連行しようと訪問すると、ピストル自決を図って負傷し、アメリカの病院に入院したということが、その日のうちに大ニュースとして伝えられた。誰が見ても戦争の最高の責任者だから切腹でもするかと思っていたらピストル自殺で、しかも失敗してアメリカの病院で輸血を受けていると聞かされたから、情けない話だと思った。日本が惨めな負け方をしたことを、思い知らされたような事件だった。

しかし毎日の生活にも学校での勉強にも、アメリカ軍に占領された影響は何もなく、不気味さを含みながらも、すべては戦争が終ったことを前提にどんどん進んでいった。学校には第五、第八、第三と、焼失した近所の三つの国民学校も同居することになって、九月十九日に校庭で引き合わせ式があった。とはいうものの、本校でも一学年に十数人程度の生徒数だから、たいした人数ではなかった。しかし第八と本校とは、昔から仲が悪いことで有名だったから、同じ二階同士で早くも険悪な関係になった。戦争を経験したのに、土着の対抗心は変らないものだ。

引越し続きで落ち着かない上に、強制疎開の跡地に開墾した学校農地の作業は相変らず続いていた。引き合わせ式の当日にも、半日は新しい畝づくりをさせられている。食糧難に備えたのなら、先見の明があったことになる。食糧の不足は、この頃から翌年にかけて深刻になっていくのだ。隣組の畑も、うっかりすると芋などを盗まれるようになって、取入れを早めるようになった。終戦の安心とともに、規律のゆるみも忍び寄ってきた。

友だちが帰ってきた

九月も下旬になると、縁故疎開から帰ってきて学校に復帰する友だちが加速度的に増えてきた。そして十月になれば集団疎開の人たちも帰ってきて、授業も戦前と同じ午後までになるという発表があった。縁故疎開から帰った友だちに聞くと、勉強の進み方はまちまちだった。東京残留組よりも進んでいる場合もあったが、案に相違して、もう秋になるのに教科書の三分の一もやっていないという者もいた。そういう生徒が毎日のように増えてくるのだから、教える先生も大変だったろう。その上に、机や椅子、下駄箱などの移動、校庭に掘られた防空壕の埋め立てなどの作業に、生徒が動員されることは相変らずだった。それでも学校が少しずつ戦争前の姿にもどっていくのが実感できた。

遊びとしては野球が大流行になった。といってもちゃんとしたボールやバットがあったわけではない。運動会で使う玉入れのボールがあればいい方で、なければボロ布を芯にして紙紐でぐるぐる巻きにしてボールの形にした。もちろんグローブなどは使わないで素手で扱う。バットはたいてい机や椅子の廃品から外した四角い棒だった。最初のうちはピッチャーが玉を地面に転がす「ゴロベース」だった。それでも同居している他校との対抗戦もやったから、みんなが夢中になるほど面白かった。ボールをふつうに投げて打つのは「空中野球」と呼ばれたが、これはほとんど球を打つことができずに三振ばかりになるから、点が入らなくて面白くなかった。

　空中野球が主流になってきたのは十月になって生徒がある程度増えてからだったと思うが、用具は同じようなもので、相変らずバットが悩みの種だった。あるとき棒に短い横木を打ちつけて、十字架のようにしたものを持って打席に入る者がいて、そのせりふが「デモクラシーですからね」だった。みんなは面白がってその場は大いに盛り上がり、それからしばらくの間は「デモクラシー」の名で変なことをするのが流行した。家に帰ってその面白かったことを話したら、横で聞いていた父が、少し難しい顔をして「勝手なことをするのがデモクラシーじゃないんだよ」と言った。とはいうものの、デモクラシーとは何なのか、父からちゃんとわかるように教えて貰った記憶はない。あるいは何か言われても、あまり印象に残らなかったのかもしれない。

　帰ってきたのは学校の友だちだけではなかった。隣家の家族も疎開から帰ってきたから、わが家で借りていた離れは明け渡した。半年前には小さくて可愛いかった男の子がずっと大きくなり、よくしゃべるようになっていたのだが、なぜかすぐに「こらあ、ばかやろう」などと、ひどく乱暴な言葉を返すようになっていたので驚いた。

　十月の上旬が終るころ、集団疎開組を受け入れる準備も一段落して、ようやく学校らしい授業が受けられるようになった。久しぶりに工作の時間も復活した。ただし道具が何もなくて図面を書くだけだった。時間を知らせるベルは壊れたままで、木槌で叩く鐘の音が合図だった。

アメリカ兵のジープにハロー

日記によると、敗戦後も学校の行事は従来通りに行われていた。たとえば九月二十三日は秋季皇霊祭（秋分の日）で、日曜日だったにもかかわらず、生徒の代表が先生に連れられて七社神社へ参拝に行っている。十月十七日の神嘗祭も、ちゃんと祭日で休みになった。十月三十日の教育勅語記念日も従来通りに式だけで授業はなく、もちろん校長の勅語朗読があった。十一月三日の明治節も同様だった。

集団疎開からの帰還も順調で、十月二十日には約百名の集団が帰京して、校庭で在校生と対面のあいさつをした。そして十一月から本式に登校することになり、それまで一組だった六年生は、一挙に三組に増えることになった。しかし元は五組まであったのだから、帰ってこない友だちも少なくはなかった。年を越えて卒業するまで、生徒数は、もうあまり増えなかった。

十月二十四日には、初めてアメリカ兵からドロップスを貰った話が書いてある。うわさ話としては聞いていたのだが、実行したのは初めてだった。アメリカ兵のジープに手をあげて「ハロー」と呼びかけると、キャンディーをくれるというのだ。経験者を先頭に立てて学校の帰りに大通りで待っていると、本当にジープが通りかかった。みんなで声をそろえて「ハロー」と手をあげると、ジープは速度も落とさずに通過したのだが、何かが飛んできてピシッと歩道の端に落ちた。「ほら来た」と先達が拾い上げたのを見たら、本当に丸い筒型のキャンディーだった。みんなでとり囲んで包装をむくと、十五粒入りのドロップスだったから、一粒ずつ分けて食べた。えも言われぬうまさだった。

食べ終ってからもしばらくその場にたむろしていると、角の交番の巡査が出てきて手招きした。みんな「しまった」という予感で歩いて行くと、先頭にいた数人が交番の中に呼び込まれた。私は首謀者ではないから外で見ていたのだが、中年の巡査がお説教する前で、友人たちは神妙に頭を下げて聞いていた。近くにいた者の話だと、「君たちはそれでも日本の少年か」という言葉が聞こえたということだ。やがてお説教が終り、みんなが出てきたとき、若い方の巡査が出てきた。お説教が生ぬるいと思ったのだろうか、私たちに向かって、「タイヤに釘さしてパンクさせてやらんか、ブスッとやれ」と言った。戦争に負けてくやしがっているのはよくわかったが、ジープをパンクさせてはまずいんじゃないかと思った。私たちは誰も何も言わずに引き上げた。

巡査としては、昨日まで戦っていた相手に対して、日本の子供たちが飴玉ごときに騙されて懐いてしまうのが我慢ならなかったのだろう。しかし私たちから見れば、良いものをくれる人たちに悪い感情を持つわけがない。事実、終戦直後から占領期を通じて、私はアメリカ兵が粗暴で不愉快な行動をするのを一度も見たことがないし、話も聞いていない。アメリカ占領軍が、私たちの想像を絶するほど立派に行動した軍隊であったことは、認めるべきだと思う。

旧滝野川区役所。戦災を免れ、昭和30年代まで北区役所滝野川支所だった

第八章　闇市とインフレ

餓死者を見た

昭和二十年（1945）十月二十五日の私の日記を、全文そのまま引用する。

「学校から帰るときに、森君たちが『オーイ餓死者見に行かないか』といったので、みんなで見に行ったら、古河さん（北区西ヶ原の旧古河邸）の裏門に、ひょろひょろのおじいさんが、門の軒下に二、三枚紙を敷いて、その上に寝て死んでいました。この人は戦災者で、家がなく、外食券食堂へ通っていただけだったので、とうとう死んだそうです。そのそばには、二十ぐらいの、このじいさんの娘さんが、ぼんやり立っていました。」

この日記を読むと、私もそのときの死者の黒ずんだ肌の色を、ありありと思い出す。この話を私は『おじいちゃんの書き置き』の中でも書いたのだが、後にブログ友の「うたのすけ」さんからご意見をいただいた。うたのすけさんの家は日暮里の食堂だったのだが、食糧難の時代に苦労しながらも、外食券で食べにくる人を餓死させるような給食をした筈はない。父母の名誉にかけて断言できるということだった。私の方は、時々食堂へ行った元社員から「味噌汁は本当に味噌の汁で、身が何も入っていなかった」といった話を聞かされていたので、先入観があったかもしれない。また、外食券は無料券ではないから金がなければ食べられないわけだし、戦災でホームレスの暮らしを続ける間に慢性の栄養失調になり、病気への抵抗力もなくしていたことだろう。

門の下に寝ているおじいさんは何日か前から目撃されていて、とうとう死んだので、このうわさになったのではないだろうか。

それにしても、子供たちが連れ立って見に行っている間に、警察からも区役所からも、大人は誰も来なかった。私たちも、交番の警官や先生に知らせに行こうとは思わなかった。路傍に餓死者がいるという話は新聞にも出ていたが、自分たちの町で見るのは珍しいことではあった。しかし、それが急いで処理すべき緊急事態だとの認識は、なかったのだと思う。人が死ぬということは、当時はその程度の事件であったのだ。

傍に立っていた若い女の人が、本当におじいさんの娘だったのかどうか、それもわからない。連絡を受けた遠縁の人か、あるいは最後にかかわりを持った隣組の人が、遺体の収容を待っていたのかもしれない。遠巻きに眺めている私たちと、その女の人との間に会話はなく、子供同士のおしゃべりもひそひそ声になって、気まずい沈黙が流れた。その情景だけが、今もぼんやりと記憶に残っていて、その後のことは何も残っていない。

今これを書きながら、私はこんなことを考えている。もしこれが戦争中の死者だったら、子供といえども、そのまま眺めてはいなかったろう。子供だけの力でも、何とかしようと思ったに違いないのだ。空襲の下では、みんなが平等に生きるための努力を共有していた。その戦争が終って二カ月あまり、幸運だった者と不運だった者との分離が始まったのではないか。

闇市の始まり

十一月に入ると、町の様子がだんだん「戦後風景」になっていくのが日記から読み取れる。しかし学校の防空壕は、軍隊が作った本格的なものはそのまま残っていて、子供たちの格好な遊び場になっていたし、わが家の防空壕も埋め立てを始めたのは十一月の下旬で、終戦から三カ月以上もたっていた。入口を閉じるときに「防空壕　別れを告げて外へ出る　これが最後の　壕の出入りか」という和歌のようなものを作っている。日記帳に全体の見取り図が書いてあるが、シャベルとバケツと家族の労働の積み上げで、敷地一杯に三つの壕を掘り上げたのだから、やはり、わが家族の一つの金字塔だったと評価してもいいと思う。

十一月十日に父に連れられて本郷の本屋へ行った記事がある。書店めぐりをして古書でも新刊でも、目ぼしいものを買い集めるのが父の仕事を兼ねた趣味だったから、その習慣が復活したのだ。しかし大部分は焼け跡で、焼け残った本屋にも本は少ししかなく、大半の棚は空っぽだったと書いてある。町の風景としては、アメリカ兵がジープに乗ったり歩いたりしてたくさん通りかかり、子供たちは「ハロー」と言いながら追いかけていたとのことだ。

当時は新刊本の発行も少しは始まっていたが、人気のあるものはすぐに売り切れるのが常識だった。十一月二十日は靖国神社の臨時大祭で、授業は午前中で終りというのには「オヤ」と思わされるが、体制の変更には時間がかかるものなのだろう。その日の午後に私は英会話のラジオテキストを買いに本郷の書店街へ行っているのだが、あちこち探し歩いたのに、ついに買えないで電車賃を無駄にした。そこで電車賃が一回十銭だったことがわかった。子供料金で半額だろうが、公共料金は、まだあまり値上がりしていなかったことになる。

十一月二十九日には、公定価格がなくなって、物が自由販売になったから、みかんを一箱買ってたくさん食べたと書いてある。値段は書いてないが、金さえあれば何でも買える時代が近づいたようだ。そして十二月二日、自由学園の寮へ戻る姉を送りながら父と電車に乗り、新宿で降りて駅前の闇市を初めて見た。街路の地べたに物を並べただけの、店とも言えないような物売りがたくさんいて、威勢よく声をかけながら商売していた。その値段だが、干し柿一個二円、あめ一本二円、りんご四個で十円、さば一匹五円など。ほかに鍋釜などの金物もたくさんあったと記録している。いずれも当時の感覚では驚くほどの高値だった筈である。

父は呆れた風情で、よく見て歩きはしたが、結局何も買わなかった。私も何か欲しいと言い出す気分ではなかった。父はそのとき、世の中の動きを感じ取ろうとしていたのに違いない。戦争が終ったから、民需生産で物が豊富になるだろうとみんな期待していたのだが、じつは空前の物不足時代が始まろうとしていたのだ。貯金はもう当てにならない。売れるものを作らないと家族を養えないと悟った筈である。

教科書に墨を塗る

十一月から学校の授業は正常化した筈だが、日記によると先生の休みが多く、教科書も全部は揃っていなかったようだ。生徒の勉強の進度も、疎開中の環境によってバラバラだから、授業の進め方は難しかったろうと思う。しかし生徒の方には、遅れている勉強を取り返したい意欲はあった。とくに六年生は中学受験が頭にあるから、先生に「残り勉強」を申し入れたりもした。一組の担任になった特攻隊帰りの岩沢先生は、それに応じて五時までの補習をしてくれたが、私がいた二組の先生は「あせることはない」と言うばかりだった。二組は男女組だったし、先生に対して生徒は集団疎開以来あまりいい感情を持っていなかったから、一組をうらやましがる者が多かった。結局希望者は組に関係なく一組の残り勉強に参加することになった。

十二月十五日の日記には、教科書に墨を塗った話が出てくる。この土曜日で終る一週間で、教科書から時代に合わない部分を削除したのだ。こんなに遅い時期だったのは、GHQの指令を受けて文部省が細目を決め現場に通達するまで、時間がかかったのだろう。先生の指示で机に教科書を広げ、各自の習字道具を出して墨を濃く摺り、指定された部分を塗りつぶした。完全に読めないようにしないと、見つかったら先生がクビになるということだった。裏表の全文が削除されるところは、ページごと切り取った。この作業は何日も続いて、一部は家に持ち帰って友だちといっしょにやったと書いてある。後で検閲を受けたのだろうか。

この削除で教科書は薄くなったが、いちばん影響を受けて半分以下のページ数になってしまった教科は何だったか、同窓会のときにクイズに出したことがあるが、正解者はいなかった。たいていの者は国史の教科書だろうと答えたが、そうではなかった。正解は習字の教科書だった。「神州不滅」「七生報国」といった戦時スローガンが並んでいたからだ。その次が国史の教科書で、ほぼ三分の一のページがなくなってしまった。それまで教えられていた日本の歴史について、多くの部分が否定されたわけだ。作業を進めるうちに、どうやら皇室と戦争に関係する部分がだめになったらしいことがわかった。墨を塗ることで、逆にその部分が大事だったのかというようなことを、ぼんやり考えた。

今でも覚えているのは、国語の教科書だったと思うが、「鎌倉」の歌（七里ガ浜の磯伝い……）が「全文削除」と告げられたときの違和感である。さすがに生徒の間から驚きと抗議のざわめきが起こった。鎌倉の歴史風物を歌ったのが、どうして軍国主義なのか、そのときはわからなかった。そのまま何十年も忘れていたのだが、つい数年前、老人ホームのレクリエーション用に「よみがえる歌」のCDを制作したときに気がついた。六番の歌詞の「鎌倉宮に詣でては　尽きせぬ親王《みこ》の御恨《みうら》みに　悲憤の涙湧きぬべし」が引っかかったのだろう。大塔宮《だいとうのみや》と南朝の歴史が追放になったのだ。

昭和二十年の年末

ほぼ日記の日付順に昭和二十年を振り返ってみたが、やはりこの年は特別な激動の年であったことを再確認した。単に戦争が終ったただけでなく、国のありよう、社会の仕組み、国民の価値観までが、根本から変動した年だったのだ。日記には記載がなかった出来事も思い出しながら、この年の年末の状況を記述してみよう。

十月十日には共産党員を含む政治犯が全員釈放されて、英雄のような賞賛を受けた。そして十月二十日から共産党の機関紙『赤旗』が発行されている。私の父は元新聞人として常に資料を求める人だったから、すぐに購読して私の家にも配達されるようになった。『赤旗』は他の新聞と違って、天皇制打倒を主張していたから、書いてあることが明快でわかりやすかった。私も、戦時中も戦争に反対し続けていた人たちがいたことに驚いたから、共産党は偉いと思った。

あちこちの職場で、労働組合が続々と結成されていることもニュースになっていた。経営者と対立したり、工場を占拠したりする例も報じられたから、世の中が暴力的になっていくような不気味さがあった。賃上げの要求などは仕方のないことなのだろうが、ストライキも暴力もいっしょで、嫌いだという認識でしかなかった。

九月の末に天皇はマッカーサーを訪問して、九月二十九日には新聞各紙に天皇がマッカーサーと並んでいる記念写真が大きく掲載された。直立不動の天皇の横で、マッカーサーは手を腰に当てて傲然としているから、両者の力関係は一目瞭然だった。この写真の掲載を内閣情報局は禁止しようとしたが、ＧＨＱは許さなかったと言われる。私の家で見たときも、たしかに不愉快な写真ではあった。しかし父を含めて、悲憤慷慨《ひふんこうがい》するほどではなく、ただ「世の中が変った」ことは実感できた。この後マッカーサーが相次いで発するＧＨＱの指令は、最高法規として日本を支配するのである。

ある朝、新聞を読んでいた父が、突然笑い出した。「おい、マッカーサーは臍《へそ》だって書いてある、なぜだかわかるか。」顔を上げた私に、「朕《ちん》の上にあり、だよ」と、なおも笑いが止まらずにいた。そのときの父の笑いを、私は今も鮮明に覚えている。父も私も平均的な日本人として天皇制の国に暮らしていたのだが、天皇への忠誠心は、その程度のものだったのだ。私はその新聞が『赤旗』だったような気がしていたのだが、いまネット上の検索では確認ができない。言い出したのは誰だったのだろう。けだし名言である。

この年末の私の日記は、北海道へ帰る姉の友だちが、わが家に一泊して旅の支度をしたことで終っている。リュックサックを貸してあげたり、お弁当を作ってあげたりして送り出した。上野の駅には、地下道に大勢の人が住みついて、浮浪児のたまり場になっていることは有名だった。冬に向けて、多くの凍死者、餓死者が出るだろうと、新聞は予想していた。

変ったものと変らぬもの

昭和二十一年以後のことを書く前に、敗戦を境にして日本の何が変り、何が変らなかったのかを、引き続いてまとめて考えてみたい。日記を読み直して感じたのは、人間の生活習慣や感覚というものは、周囲の状況が変っても急には変らないということだった。戦時中の日本の国民は、極度の緊張と統制の下に置かれていた。それは人間として決して幸せとは言えない状況ではあったろうが、すべて悪いことばかりとは言えない面もあったと思う。

たとえば戦後数年の間は、民家から出火する火事は非常に少なかったと言われる。どこの家でも防火用水や防火の用具を備えているのが常識で、火が出れば近所が協力して消火する訓練を積んでいたのだから、空襲ではない偶発的な火事を消し止めるなどは、どこでも簡単なことだったのだ。隣組を軸とする近隣の濃密な協力関係は、防犯や防災に対する有効な地域力だった。

次に思い出すのが公衆電話の料金のことである。戦前・戦中の東京の公衆電話は、すべて交換手に番号を告げてつないで貰う方式で、料金を硬貨箱に入れるとピンポンと独特の音がして、それを確かめてから交換手が「どうぞお話しください」と、つないでくれるのだった。これが戦後のインフレ期に値上げになると、使える硬貨がなくなって、五十銭や一円の紙幣を使うことになった。すると料金を入れても交換手は確かめることができない。しかし公衆電話をなくすことはできないので、「お客を信用する」しか方法がなくなった。「料金をお入れください」「はい、入れました」の会話だけが頼りである。それで料金の回収率がどうなったかというと、規定の料金を上回って回収されたというのだ。小銭がない場合には、余計の金額を入れる人がいたからである。これが海外に伝えられて、「日本人の道義心は高いから、必ず復興する」と評価されたと、新聞で読んだ記憶がある。

道義心が本当に高かったかどうかは、少し割り引かないといけないかもしれないが、当時の人々が「決まったことは守る」習慣を身につけていたことは、疑いのない事実だと思う。それはたぶんに国家による強制の色彩はあった。国が決めた規範には絶対の権威があり、それを疑えば特高警察や憲兵隊の手にかかる恐怖もあった。子供をしつける場合でさえ、極め言葉は「お巡りさんに叱られる」であり、その巡査を象徴する言葉は「おい、こら」であった。そのような息のつまるような雰囲気が、人間にとって、よいものであった筈がない。

それでもなお私は、八月十五日に消えてしまった価値観の中に、失くしては惜しいものがあったという思いを消すことができない。昭和二十一年から後は、古い価値観が崩壊して、混乱の中から自由競争が立ち上がる時代に入る。その延長の上に今があると思うのだが、何か忘れ物をしているような空虚感が埋まらないのはなぜだろうか。それはたぶん、人と人を結びつける力の弱さだろう。その力を、自分の内から作り出すことが、私にはまだ出来ていない。

昭和二十一年が明けた

この年から私の日記帳は、日付の決まった「当用日記」ではなくて、縦罫だけの入った自由式の日記になっている。全体に書く分量が増えて、文体も「です、ます」から「である、だ」に変っている。少し大人らしくなる自覚を持ったのだろう。ただしこの日記帳は時局を反映して、一応の製本はしてあるものの粗悪品で、背文字も表紙文字もトビラ紙もなく、見返しを直接に本文に貼り付けてあるから、すでに表紙は本文から半分は離れてしまっている。

昭和二十一年一月一日火曜日晴、「今まで戦争が続いていたらどうなったろうか。やっぱり戦争が終ってよかった。おかげで今日は平和なお正月を迎えることができた。」と書き始めている。しかし大晦日の夜から停電で、早く寝てしまった。夜中に用便に起きて、もう十二時を過ぎていることに気づき、もう昭和二十年は終ってしまったのかと思ったら、少し淋しかったと書いている。もろもろの古い価値が崩壊したことへの、哀惜の気持があった筈である。正月のお餅は、近所から分けてもらった丸餅が三つだけしかなく、あまり正月気分は出なかったようだ。それでも母と姉が用意を整えて、白い布をかけたテーブルを囲み、みんなで「おめでとう」を言ってから、よくこれだけ揃えられたと思うほどのごちそうを食べた。

わが家らしいと思うのはその翌日である。千葉、静岡などから六人ものお客が来て、餅だの、みかんだの、おみやげを持って来てくれた。一日遅れで大晦日と元日が来たようだと書いてある。戦時中も戦後も、私の家には一貫して人の出入りが多かった。それは父の社会的な活動と、母の面倒見のよさが多くの人を呼び寄せたのだと思う。その人脈のつながりが、どれほど私たちを窮乏の時代から助けてくれたかわからない。無駄が多くて落ち着かない家庭ではあったが、「人が来ないような家では栄えない」が母の口ぐせであり、「雪が降ったら、うちの前に最初に道がつく」が自慢だった。

一月三日には姉と羽根つきをした。羽根を買ってきたと書いてあるのが目につく。どこの店か覚えがないが、文具・玩具店が開いていたのだ。一月四日には隣組の常会も行われている。どんなことを話し合っていたのだろうか。その最中に、兄が静岡の従兄を連れて帰ってきた。旧年の十二月半ばから三週間も山の温泉にいたのだから、優雅なものだ。従兄は横須賀の海軍工廠で働いていたスマートな人で、私とも仲よしだった。

この従兄はしばらく滞在して、薪割りをしたり、正月から始めた倉庫作りの大工仕事を手伝ってくれたりしている。倉庫は家族の素人工事であり、当時はそれが常識だった。風呂を沸かした日は、隣家に声をかけて入れてあげたりもしている。そうした細かい記述で当時の生活が思い出せるのだが、あまりに私の個人的な思い出になってしまう部分もある。昭和二十年のように日付を追うのではなくて、この辺からまた「日記で思い出しながら時代をたどる」ことにしよう。

インフレと民主主義

昭和二十一年（１９４６）の正月に、兄と姉二人、それに私の四人で伝統の銀行遊びをして、六十円分の私製紙幣を作り、十五円ずつ分けた。家の中も悪性インフレになって、発行額を増やしたと日記に書いてある。私は額面が五銭、十銭、二十銭、五十銭、一円の宝くじを売り出して大儲けした。まだ銭の単位は健在であり、四月に中学生になっても、実生活で五十銭札が有効に使えて、都電の運賃が四十銭だったことは、よく覚えている。子供の買い物は数円が限度であり、十円以上は「大人のお金」だった。

ところが二月十六日に「今朝、闇屋がやって来て、チョコレートを百五十円買った」という記事が出てくる。これは当時としては事件と呼べるほどの金額である。私は職員室の引越しを手伝ったときに先生たちの給料がわかる資料を見てしまったことがあるが、新任の先生の給与が百五円だった。一般の公務員も同じようなレベルだった筈である。一カ月分の給料ほどの金で買ったチョコレートがどれくらいの分量かというと、幅十センチ長さ十五センチ厚さ二センチぐらいの板チョコ一枚と、丸棒状の小型チョコが二本だと記録している。製品ではなくて、業務用の材料チョコの横流しと思われるが、思い切った買い物をしたものである。その闇屋は、母が重宝して使っていた人に違いない。苦労して手に入れたなどと聞かされれば、母の性格として断れなかったのだろう。母もまた、子供のためという大義名分と、自分も派手好きの一面があったから、昔のような本物のチョコレートが懐しかったのかもしれない。高いだけあって甘くてうまかったが、上の姉はプンプン怒って黙り込んでしまったと、私の日記は結んでいる。

このように当時は、電車賃のように「昔の値段」が通用する世界と、金の力で物が手に入る「闇値の世界」とが、平行していたような気がする。そして闇値の方は、日ごと月ごとに目に見えて高騰を続けていたのだ。闇商売に手を染めた人たちが、短期間に莫大な利益を上げたであろうことは想像に難くない。このインフレ闇経済は各家庭の貯蓄を急速に消費させるとともに、何もしないでいたら生活できなくなるという不安をかき立てた筈である。

学校は学校で時代の波に揺れていた。一月十七日の日記に「学校もこのごろ民主主義になって、今日は先生と生徒が三時間かけて話し合った」とある。その結果として決まったことは、「休み時間が終って帰るときは、今までのように並ばないで、各自で勝手に教室に入る」「校舎に入るときは必ず上履をはく」「掃除をもっとよくやり、雑巾は家に持ち帰る」「今週土曜日に級長と副級長の総選挙をやる」などだった。級長などの役目は、それまではすべて先生の任命制だったから、仲間同士で選挙をするというのは誰にとっても初めてだった。

その一方で二月十一日は今まで通りに紀元節で学校は休みになった。ただし「雲にそびゆる高千穂の……」を歌う式典はなかった。新しい法律が決まるまでは、学校は変れなかったのだろう。

忘れられない先生

六年生で私は二組だったが、一組の担任は、以前にも触れた特攻隊帰りの岩沢先生だった。生徒に体当りしてくるような迫力があり、体操でゲームをするときなどは、生徒といっしょに転げ回るような熱血漢だった。後に聞いた話では、子供たちと触れ合うことで、自身が戦後の虚脱から抜け出すことができたということだった。わずか半年にも満たない期間の、しかも担任ではない先生が、私の小学生時代で最大の思い出を残している。二月六日にこんな日記がある。

「一組の岩沢先生（もと神雷特攻隊中尉）は先週の金曜から休みだったが、今日みんなが帰るころ一組の教室へ来て、掃除の様子を見ていた。その日はちょうど、いいかげんな水まきしかしてなかったので、機嫌が悪いらしくタバコばかりふかしていた。先生は病気のせいかとても痩せていて元気がなかったが、黒板のそばへ寄って何か書き始めた。一組の残っていた生徒五、六人と二組の生徒十人ぐらいで見ていたら、先生はこんなことを書いた。『君達の掃除は無責任極まるものである。各自各自が自分の教室をみがくのに何の遠慮があるか……私は君達を……信頼するが故に、今日のこの見苦しい掃除を見て、失望とある種の義憤を感じるものである……一組生徒諸君の猛省を促す。』こう書いて、まだ病気が治り切らないのか、ふらふらしながら黙って帰って行った。一組の生徒は、これを何度も読んでいるうちに『おい、やり直しだ』と掃除のやり直しを始めた。僕たちも手伝った。掃除をやりながら何度も黒板を見て、全くいい先生だ、僕も一組へ来たかったと思った。」

当時は先生たちも先行きが不安で自信をなくしていた面があったと思う。その中で岩沢先生は本気で生徒を叱ってくれた。その不動の価値観が私たちにも通じたのだと、今にして思う。この日記のコピーを近年になって先生に送ったところ、先生から「感謝感激」の返信をいただいた。先生は後に日本の民間航空が復活したとき、日本航空から好条件で操縦士としての入社を勧められたが、「教師として生きる」という初心を変えるには至らなかったと、これも最近になって打ち明け話をしていただいた。そのとき「僕にも別な人生があったかもしれないね」と、遠くを見るような口調で言われたのを覚えている。やはり空が好きだったのだと思った。

この年の学校は二月九日という半端な時期に二学期の通信簿をくれた。理科、工作などは、一回もやらないのに点がついていたと日記に書いてある。実質的に落ち着いた授業は二カ月ぐらいしか受けていないのだから仕方がないが、主要教科からの類推で、優、良上、良下、可の評点を適当につけたようだった。厳密に出席日数や成績を評価したら、及第できる生徒は、ほとんどいなかったのではあるまいか。それでも、卒業が近づく頃の授業が充実して楽しかったことは覚えている。空襲続きで空白があったことを自覚していたからだろうか、少なくとも私たちは怠惰でも投げやりでもなかった。毎日真剣に学ぶことの喜びがあったように思う。

預金封鎖と新円の発行

年表によると、悪性インフレに対処するための預貯金封鎖と新円の発行は昭和二十一年（1946）二月十七日に行われている。貯金が引き出せなくなり、すべての家庭が一世帯当り月額五百円で暮らすことになったのだから、家族にとっても大事件だった筈だが、不思議なことに日記ではほとんど触れていない。わずかに「大人はこのところ新円で忙しい」などと簡単に書いてあるだけである。関心はもっぱら中学の受験がどうなるかに集中していたようだ。だから私の記憶で補うしかないのだが、その前後に五十銭札が妙に大事にされたこと、古い紙幣に証紙を貼り付けて使ったことなどを覚えている。古い小額の紙幣は切り替えに関係なく使えたから、封鎖逃れとして重宝だったのである。

この緊急対策は抜き打ち的に行われて、流通していた旧円は一週間後の二月二十五日から新円と交換開始、そして三月三日から流通停止となった。闇の儲けなどの「タンス預金」を明るみに出して課税するとともに、通貨の流通を規制して物価の騰貴を抑え込む政策だった。このとき多額の紙幣を抱えたまま、預金にも交換にも応じないで紙くずにしてしまったおばあさんがいたと、かなり大きな新聞記事が出た。それを読んだ父は、「国が出した札が紙くずになるなんて、そんなバカなことがあるわけない。それくらい信用されるのが本当だ」と、妙に感心していた。

預金を封鎖されたわが家の家計はどうなったのだろう。いま気がついたのだが、母が百五十円のチョコレートを買ったのは、預金封鎖が発令される前日である。使えなくなる紙幣を使い急いで、闇屋もその事情を知った上で暗躍していたのではないだろうか。さらに思い出してみると、出版の家業のために買い置きしてあった用紙を、手っ取り早くノートに製本して売っていたのがこの時期のような気がする。近所の駄菓子屋にまで卸して、けっこうよく売れていた。私は使いに行かされて、希望小売価格を店のおばさんに伝達したものである。インフレの時代には、商売さえしていれば、入ってくる金もインフレになるから、生活は成り立つのだ。

二月の末から出回った新十円札は、戦後の象徴のような紙幣になった。預金封鎖で物価の上昇は一時的に抑制されたから、安定して使えた期間が長く、かつ、どこの闇市でも「一山十円」の売り方が一般的だったからだ。その価値は今の百円ショップとは比べものにならない。かなりいいものが、かなり満足できる分量で買えたのである。現在の千円札と同等か、それ以上だったに違いない。ということは、一世帯五百円の生活費は現在の五万円ちょっとということになる。一般の生活は闇値では成り立たないのに、闇でなければ物が手に入らなかったのだ。

この新十円札には、いろいろなうわさ話がつきまとった。遠目に見ると「米国」の字に見える、日本の「平和の鳥」が檻に入れられている、ある場所で折り返すとヘルメットをかぶったアメリカ兵の姿が現れる、といったものだった。

新鮮だった共産党

これも日記帳にはほとんど登場しないのだが、当時の政治情勢も独特のものがあった。この年一月十二日に中国の延安から帰国した野坂参三は、凱旋将軍のような大人気で迎えられ、日比谷公園で大規模な歓迎大会が開かれるほどだった。そこで発表された「愛される共産党」というスローガンは、その後しばらく流行語のようになった。折しもGHQは、この春のうちに総選挙を行うべきことを指令した。社会党、自由党、進歩党などの政党も前年のうちから結成されていたが、中でも共産党の活躍は目立っていた。労働組合の活動とも連携して、戦争犯罪人の職場からの追放だとか、隠匿物資の摘発なども全国的に行っていた。私の家では機関紙の『赤旗』をとっていたから、私は級友の中でも共産党の情報については詳しくなっていた。

ごく最近になって、昔の級友が「おみやげ」を持って来てくれたことがある。それは私が六年生のときに作った宣伝ビラだった。「天皇制打倒」のスローガンが大きく書いてあって、「日本共産党員、志村建世」と署名入りである。全く記憶にはなかったので驚いた。背伸びした大人めいた言動を友だちに見せびらかしたい気持だったのだろう。他愛のない遊びだったにしても、時代を反映している。こんなものを何十年も保管していてくれた親友に感謝したが、「これは君に返した方がいいと思って」と言ってくれた友の心づかいが有難かった。写真に撮ってブログに載せようと思って探したのだが、今のところ出てこない。捨てたわけではないから、どこか秘密の場所にしまい込んだのかもしれない。

それに関連して、当時の街頭演説も思い出す。駅前などで小さな箱の上に乗り、スローガンを書いたプラカードなどを持って勝手に始めるのだ。若い共産党員が、開口一番「天皇制打倒、天皇制打倒、天皇制打倒……」と、そればかりを十回ほども繰りかえすのを聞いたことがある。場所はたぶん駒込の駅前で、選挙運動中でもなかったと思う。当時は誰がどこで何を叫んでも咎められないし、不思議とも思われない時代だった。

この年の二月からは、天皇の地方巡幸というのも始まっている。その実況録音が、よくラジオで放送された。天皇が、やや女性的な声で「食糧なんか、足りなくないの」と問いかけると、ご下問を受けた現場の人が固くなって「なんとか工夫して、やっております」などと答える。天皇は「あっそう」と妙に早いタイミングで応じて、その人との対話を終って次へ移るのだった。会話に慣れていないからだろうが、「あっそう」の回数も多すぎて、相手の話をじっくり聞くという親身な感じには聞こえなかった。その当時は学校でも、人の話を聞いて「あっそう」と軽く聞き流すのが流行した。

天皇の地方巡幸はその後も全都道府県に向けて継続的に行われ、どこでも人気を集めて社会の安定に寄与したとも言われるが、私の感覚の中では、共産党の人気には及ばなかった。

東京・新橋駅前の闇市風景

第九章　学校と空腹と買い出し

中学受験と卒業式

年明けごろから、中学への進学をどうするかは、私たちの大きな関心事ではあった。自宅から歩いて通える距離に都立五中（現・小石川高）があったから、私の学校からは伝統的に第一目標の中学校だった。しかし付近は空襲で焼けていたので様子を見に行ったところ、兵器工場を改造した校舎だそうで、破れガラスの目立つ寒そうな教室に、机がぎっしり詰め込まれていた。

もう一つの候補は武蔵高校の尋常科で、家の向かいの西岡さんが教務の先生をしていた。父に連れられて見に行ったところ、広々とした敷地の中にコンクリート三階建ての校舎があり、立派な講堂も寮も木立の間に散在していて、戦災に遭った跡もなかった。校庭には川が流れていたりして、まるで公園のようだった。西岡さんの情報では、募集定員は八十四名で、今のところ願書受付は五十名にも達していなくて、昨年の受験生は無試験入学ということだった。何よりも学校の雰囲気が魅力的で、できればここに入りたいと思った。問題は学力に自信がないことだが、日本中が戦争していたのだから、まともに勉強していた連中がいるとは思えなかった。学校の成績は悪くはないのだからと、あまり心配もしなかった。

三月になると、突然、中学の受験は一校に限るという通達が出て、生徒は動揺したのだが、厳しい試験はしないで定員を割り振るという含みのようでもあった。先生は毎日会議ばかりしていて、授業は自習が多くなった。市販の受験参考書などは何もない時代だから、受験を希望する者も、教科書をよく読むぐらいしか勉強の方法は知らなかった。この年は、武蔵高校の尋常科も他の中学も、入学試験は四月以降に設定されたようだ。だから進学校が決まらないうちに卒業式になった。

三月二十五日の卒業式は、例年通りに君が代を歌い、校長の教育勅語奉読で始まった。その後、区長だの何だのがぞろぞろ話をして、五年生代表の「送辞」あたりから卒業式らしくなってきた。その途中から、女子では早くも泣き始める者がいた。卒業生代表の答辞を読んだのは、体力があり態度もでかい番長風の男だったが、やはり涙声にふるえていた。その後六年生は「仰げば尊し」を歌った。「いつもは『仰げばまぶしいハゲの頭』と歌うのがいるのだが、今日だけはみんなきちんと歌った」と日記に書いてある。最後に五年生の「蛍の光」になると、男女を問わず、私も含めて、卒業生のほとんど全員が涙を流した。これほど心を揺さぶられる卒業式になろうとは、事前には予想できなかった。私が強烈に感じたのも、終戦後にようやく学校らしくまとまってきた雰囲気の中で学んだのが、あまりにも短い間だったということだった。

式の後でクラスごとに校庭の桜の木の前で記念写真を撮った。後ろの校舎のガラスの破れが目立ったが「これも時代の記念だね」と先生が笑った。卒業証書が持ちにくいので八つ折りにしてポケットに入れて帰ったら、家で叱られた。証書入れの丸い筒などは、見たこともなかった。

入学試験と総選挙

昭和二十一年（1946）の、旧制七年制高校としては最後になった武蔵高等学校尋常科の筆記試験は四月一日に行われた。算数、国語の試験問題は基礎的なものが多くて、事前の勉強はほとんど役に立たなかったと日記に書いてある。理科としては、校庭に咲いている丁子《ちょうじ》の花の現物が全員に配られて、観察して気がついたことを書けというものだった。翌日の口頭試問では、「今の総理大臣は誰ですか」と聞かれて「幣原喜重郎です」と答えたが、「字を書けますか」と問われて一瞬困った。「読めますが、書けません」と答えたら、「難しい字だからね」と、試験官は、にこやかに笑ってくれた。

当時の私たちの学力が高かった筈がない。たとえば「1から5までの数字から二つを使って作れる分数をすべて書きなさい」の問題に、私は分母よりも分子が大きい仮分数も、1を分母にすることも知らず、2分の1から始まる「常識的な分数」九個だけを書いた（正解はすべての組み合わせの二十個）。入学してから、同じように間違えた者が大勢いたことがわかった。この年の応募者数は、定員をわずかに上回る程度だったようだ。それでも無事に合格したときは、とても嬉しかった。同じ頃に、都立五中を受けた友人たちも、全員無試験で合格になった。

この年の四月十日は戦後第一回の衆議院議員総選挙の投票日だったから、試験の前後には選挙運動が盛んに行われていて、あちこちで街頭演説があった。女性も立候補や投票できることになった最初の日である。一挙に三十九人の婦人議員が誕生したことでも知られる。当時はまだ選挙カーなどはなかった。拡声器なども手軽に使える機材ではないから、街で活躍したのはメガホン程度だった。ポスターもろくなものはなくて、ガリ版刷りの選挙ポスターを見たことがある。それでも活気のある選挙で、ラジオでの政見放送もあった。

このときの選挙は大選挙区連記制で行われた。候補者が十人以上もいる選挙区で、二名または三名の候補者名を書く仕組みだった。だから女性や中小政党に有利だったと言われる。この選挙で私の父母は、二人とも共産党の野坂参三と社会党の島上善五郎に投票したと日記に書いてあるので驚いた。後の父の言動からは、考えられない投票行動である。さらに住居登録してあった医者の叔父夫婦も品川の先から投票しに来たのだが、これまた二人とも社会党に投票したと書いてある。革命的な風潮に同情的だったのは、私だけではなかったのだ。そして自分が誰に投票したかを家族で公然の話題にしているところに、この時代の雰囲気を感じる。

それにしても、戦時中の児童年鑑で「世界の盟主たる大日本少年少女の自覚」を説き、軍歌集を大々的に販売していた父は、自分の戦争責任といったことを何も考えなかったのだろうか。軍に対してある程度は批判的で、積極的な協力者ではなかったかもしれないが、やはり時代に流される変り身の早い並の言論人に過ぎなかったのか。日記を読み返した私は衝撃を受けている。

飯炊き担当と食糧事情

国民学校卒業から受験、入学の前後に、私が一貫して担当していた家事は、かまどで飯を炊くことだった。まだ都市ガスは出ないから、台所の外に物置とつながる屋根を渡し、そこに大型の陶製のかまどが据えてあって、そこで毎日薪で飯を炊いた。屋根を貫く煙突をつけてあったから、火はよく燃えた。この飯炊きが、とくに志願したわけでもないのだが私の仕事になって、家の中でいちばん上手だということになっていた。私も、火を見守りながら過ごす一定の時間は、嫌いではなかった。飯炊きでいちばん難しいのは、火を落とすタイミングである。湯気の出方と音と、ちょっと蓋をずらして中を見るのとを併用して判断した。飯の底がほんの少し薄色に焦げるぐらいが、うまい炊き上がりだった。一人が付きっきりで火の番をしていれば上手になるのは当り前で、わが家ではずいぶんぜいたくな飯の炊き方をしていたことになる。

飯はそれでいいのだが、主食の配給は、むしろ戦後になってからの方がめちゃくちゃだった。米の代わりの小麦粉はまだわかるのだが、食パンが大量に配給されたこともある。すると、どこの家も同時だから、友だちの家もすべてパンばかり食べていた。バターもジャムも貴重品の時代だから、私はもっぱらソースをつけて食べた。かと思うと、主食として突然に砂糖が配給されたこともあった。最初は珍しくて喜んでいたが、米の代わりに砂糖では、困った家も多かったことだろう。カロリー計算では合っていたのかもしれないが、とにかく国民を餓死させないカロリーの供給が急務だったのだろう。アメリカからの援助物資の都合などで左右されていたのに違いない。進駐軍払い下げらしいチョコレートが、「米穀通帳」で配給されたこともあった。分厚いチョコで味もいいのだが、よく見ると虫がついていた。錐を刺して細かく砕いて穴の中の虫を出してから、鍋で溶かして固め直して食べた。内容は問わず、あり合わせのアメリカ軍の廃棄物で養われていたことになる。

わが家は田舎の親類が多くて食糧には恵まれていた方だったろうが、それでも米粒の食べられない日というのはあった。主なメニューは、うどん粉の固まりを味噌汁に浮かせた「すいとん」になる。また、水に溶いた小麦粉をフライパンで分厚く焼いて主食にすることも多かった。これは単に「流し焼き」と呼ばれていた。ホットケーキとか、お好み焼きとか呼ばれるようなものとは違って、もっぱら飯の代わりとして食べる味気ない主食だった。

四月の総選挙の候補者の公約にも、食糧問題は大きく取り上げられていた。当時の配給量は大人の一日分が二合四勺ぐらいだったと思うが、これを一日三合にするというのが、当時の国民の夢だった。しかし疲弊した生産力で、前年秋の米作は不作だったのだから、どこにも米が余っていた筈がない。アメリカからの小麦粉の緊急援助によって、多くの日本人が餓死を免れたことは事実だと思う。しかし「米よこせ」の不満の声は高まるばかりだった。

英語と漢文の特訓

武蔵高校尋常科への進学が決まった前後の春休みに、私は兄から英語と漢文の特訓を受けた。おそらく一カ月にも満たないぐらいの短い間だったろうが、この特訓は私のその後の勉強を方向づけるほどの強い影響を残した。兄は四中から一高へという当時としては最高のエリートコースを進んでいたから、学力には自信満々だったことだろう。そして四中の勉強というのは「四中方式」と呼ばれたぐらいで、戦前における定形詰め込み教育の典型のような方式だった。

まず英語の勉強とは、「読んで訳す」ためのものだった。しかし発音を軽視したわけではない。訳読に入る前に、まず発音記号を全部覚えさせられた。英語の発音をカタカナでメモすることは厳しく禁じられた。発音記号は万国共通だから、どんな言葉を覚えるにも役に立つということだった。個々の発音の正確さは兄からの伝達だから多少割り引かないといけないが、すべて外国語の発音は辞書にある発音記号で確かめるという習慣は、私にとって生涯の財産になった。

毎日連続する勉強時間の最初には、必ず前日に教えられたことを覚えているかどうかの試験があった。テキストに使われたのは、たぶん兄が中学で使っていた教科書だったと思う。毎日続けて二時間ほどだったろうか、集中して一対一で行われる個人授業は非常に効果的だった。わずかの間に一学期分を終了して、一年生の後半にまで入ったような気がする。ひたすら英語の発音と、対応する日本語の意味とを覚えることが、英語の勉強のすべてだった。文法の勉強も同様で、非常に機械的に「覚えろ」とだけ命じられた。試験が怖いからけんめいに覚えた。

漢文の教え方も似ていて、最初に「ヲニト返り」というのを教えられた。「人ヲ殺ス」というように、この字が来ると「殺人」のように文字順が入れ替わる原則のことだった。これは中国語と日本語との文法の違いから来るのだが、そんな理屈とは関係なく、「こうだから覚えろ」の一点張りだった。当時の漢文は、国語とは別な重要な科目という位置づけだった。白文という、漢字だけの羅列を出題されて、そこに返り点や一二、上中下などの記号と送りガナを加えて、漢文として読むというのがおもな勉強の内容だった。逆に漢文の読み下し文から、漢字だけの羅列にもどす「復文」という作業もあった。これは日本人には無意味なことで、今の国語の指導要領では「行わない」と規定されている。

同時に漢字の特殊な読み方も教えられた。新井白石の伝記だったと思うが「書ヲ釈ツルコトナシ」というのが出てきて、この「釈」を「捨てる＝手放す」で「スツル」と読めというのだ。今にして思えば和語を補強する漢字の「辞書機能」のことだった。

この特訓の効果は絶大だった。私は尋常科に入学してから半年ほどの間は、英語と漢文に関しては試験で百点以外の点を取ることはなかった。空襲時代の学力欠落の心配も、おかげで吹き飛んでしまった。自信過剰でいろいろ問題の多い兄ではあったが、このことは感謝している。

大人の学校の入学式

もう日本から消えてしまったが、旧制の七年制高等学校というのは、少年にとってオアシスのような恵まれた環境だったのだろうと思う。高等学校自体が特権的な学制で、エリートになることを約束された青年たちの楽園だった。当時は大学に入るための受験勉強は存在せず、高校生はのびのびと個性と学力を磨くためにのみ勉強したと言われる。その反面、高校に入るために中学生は激しい受験競争にさらされたのだが、七年制の尋常科生は、その高校受験の負担をも免れていたのだ。さらに、ふつうの中学生が五年かけるところを四年で通過するから、一年早く大学に入れるという利点もあった。この七年制高校は、東京では公立は東京高校の一校のみ、私立では武蔵、成蹊、成城、そして学習院の四校だった。ただし学習院は終戦まで宮内省の直轄で、七年制ではなく八年制だった。

日記によると、武蔵高校の入学式は五月五日になっている。立派な講堂の中央に新入生が座られ、かなりの人数の在校生も出席していた。同伴した父は二階席へ行った。校長は宮本和吉といい、哲学者だそうだが、祝辞はまるで大人向けの話で、さっぱりわからなかった。ただ、共産党を批判する言葉が入っていたのはわかった。驚いたのは、その後に続いた在校生の祝辞で、自治委員長の肩書きだったと思う。力点が校長への批判になって、論証もなしに共産主義を非難するのは軽率である、という趣旨を述べた。すると場内から拍手が起こって、講演会を聞くような雰囲気だった。先日まで国民学校にいた私たちにとっては、驚くばかりの別世界だった。

　組分けで紹介された担任は国語の平井卓郎先生で、温厚な紳士だった。名簿を読み上げるとき以外は、生徒は名を呼び捨てにされることはなく、これは以後どの先生も同じだった。生徒はすべて「君」づけで呼ばれ、一個の紳士として扱われるのだった。漢文の先生の最初の話には「士君子」たるべしという心得があったように思う。私たちがその期待に沿えるほどのレベルだったかどうかは疑問で、むしろ旧来の教育体系の崩壊を在校中に経験することになるのだが、この時点で、古きよき教育の殿堂が存続していたことは確かだと思う。

　授業が始まってみると、内容は厳しかった。数学ではいきなりａｂｃやπ記号《ばい》が出てきたりして、やりきれないほどの宿題が出た。先生の方にも、遅れを取り戻したい意気込みがあったのだろう。英語と数学では「分割授業」といって、四十名のクラスがさらに半分に分けられた。少人数ですぐに当てられるから、さぼってはいられない。身につく勉強ができた筈だが、先生たちから見れば、不満の多い生徒だったろうと思う。さらに五月の下旬には文化祭があって、三日間授業はなかった。三階に並んでいる文化部の展示を見て回った中に「青共」（日本青年共産同盟）の部屋があり、「日本共産党武蔵細胞」と看板がかかっていて、若い男女が腕を組んだポスターが貼ってあった。男ばかりの学校の中で、刺激的なロマンを感じさせる部屋だった。

食糧メーデーと食糧休暇

昭和二十一年（1946）五月一日には、戦後初の「復活メーデー」が行われ、東京では宮城（皇居）前広場が会場になった。当時のニュース映画によると、共産党の徳田球一が大拍手のうちにアジ演説をして、プラカードには「働けるだけ食わせろ」などのスローガンも見える。デモ行進では若者たちが踊るような明るさで喜びを表現しながら歩いている。

しかし東京の食糧事情は最悪だった。預金封鎖と新円の発行で物価の騰貴は止まったものの、動き始めていた闇経済も止まってしまった。そこへ配給制度が崩壊に近い状態になったから、どこを探しても闇米さえ手に入らなくなった。この食糧危機に抗議するというので、東京では五月十九日に急遽「食糧メーデー」が組織された。会場はメーデーと同じ宮城前広場だった。

この集会の正式名称は「米飯獲得人民大会」で、デモ隊の一部は皇居の坂下門に押しかけて天皇に面会を求めた。そのとき共産党員で労働組合員でもあった松島松太郎が掲げたプラカードが「不敬罪」として問題にされた。その文面は「国体はゴジされたぞ　朕はタラフク食ってるぞナンジ人民飢えて死ね　ギョメイギョジ」というものだった。当時は天皇への誹謗を禁じた不敬罪が有効だったのだが、天皇はこの年の年頭に「人間宣言」と言われる詔書を発して、天皇の神格性と日本民族の他民族に対する優越を否定していた。だから不敬罪を適用しての起訴は、時代錯誤だという批判が多かった。それにしても、絶対者としての天皇の権威が過去のものになったことを実感させる事件だった。

食糧メーデーで「米よこせ」と叫んでみたところで、米が出てくるわけもない。ただ国民の不安が深刻なことを見たマッカーサーは、「日本国民を餓死させない」との声明を出した。デモ隊は天皇に訴えるよりも、マッカーサーに訴えるべきだったのだ。

とにかく多くの人が「東京にいては食えない」状況になった。官庁の一部では、全職員に一カ月に十日までの「食糧休暇」を与えることになった。学校でも、もし食糧休暇が実施されれば、東京を離れて「食糧疎開」に行くかどうかの調査が行われた。私の家はそれほどひどくはないと思ったのだが、何となく面白そうだから「食糧疎開する」方に手をあげた。結果として、学校は六月一日から九日までの食糧休暇に入ることになった。始業が遅れた上にまたすぐ休みになるので、一学期になってから授業はわずか二十三日しかなくて休みになる、ちょっとがっかりだと日記に書いてある。

当時の家の生活が苦しかったのは事実だと思う。封鎖された預金を少しでも引き出すために、私は辞書を買う、顕微鏡を買うなどの架空の証明書を学校から貰っては家計を助けていた。学用品を買う費用は特例として封鎖預金が使えたからだ。当時は先生たちの休講も多かったから、学校職員の食糧事情も深刻だったのかもしれない。

買い出し列車は命綱

日記によると、この五月三十一日と六月四日に、私は母に連れられて千葉の田舎へ食糧を貰いに行っている。その少し前には兄も動員されて行っているから、この時期、母の実家がわが家の重要な食糧供給源だったことがわかる。当時の買い出し旅行がどのようなものだったか、二回分の日記を合成して再現してみよう。

まず、早朝の切符買いから始まる、夜中の三時に起こされて、雨の中を母と駅に向かった。あたりは真っ暗闇だから、辻強盗でも出ないかと心配だった。懐中電灯もないから足元がわからない。私は穴に落ちて転び、傘の骨が二本折れて手足は泥だらけになった。駒込の駅舎の灯りが見えるところまで来て、ようやく安心した。四時から売り出される切符の買える順番には入れたが、今は繁華な商店街になっている電車通りも、当時は街路灯など一本もなかったのだ。

出かけるつもりでいた昼に客があって、出る時間が少し遅れた。おかげで千葉駅で予定していた列車に少しの差で間に合わず、地下道で二時間も座って待つしかなかった。それで叔父の家に着いたのは夕方も近い頃だった。私は先方で少しは迷惑がられているだろうと心配していたのだが、母は持ち前の明るさで「また来ましたよ」と入って行った。当時は田舎に知り合いのいない人は、着物などを持参したり多額の金を積んだりして農家に頼んで米を分けて貰う、それが「買い出し」だったのだが、その点ではわが家は恵まれていた。それでも度重なる明らさまな「米貰い」は、子供の私にも、叔父に対する遠慮の気持を生んでいたのだ。

座敷では必ず食べ放題の白米で夕食のご馳走になった。田舎の言葉で母が交わす会話は生き生きしていて、この時期の母との買い出し旅行は、私が母親を独占できた日の記憶であり、とても大事な思い出になっている。時間があれば裏の小川で、同年の従弟とザリガニ釣りもできた。

大きなリュックに米や芋などを詰めて貰い、あわただしく最終列車の時間になるのだが、これに乗るのが最大の難事だった。満員で到着する列車には乗れる余地などない。あきらめかけているると駅員が近くの窓を開けさせて「お互いさまですから入れてやってください」と、私をリュックごと窓から中へ押し込んだ。私は何か柔らかい荷物の上に乗り、リュックの重さで後ろへひっくり返ったところへ続いて大きな荷物と母が同じ窓から入ってきた。私は下敷きになってしばらく身動きもできず、母と近所の乗客が荷物の整理をしてくれるまで、足を床に着けることもできなかった。

落ち着いて初めて周囲のやかましい会話の声が聞こえてきて、すごいタバコの煙にむせた。途中駅に着く度に、窓をはさんで「入れてくれ」「だめだ」の怒鳴り合いがあり、車内でも本気の喧嘩が始まったりしていた。そんな大混乱と悪い空気のおかげで、私は気分が悪くなってくるのを抑えるのに精一杯だった。「どうにかまあ生きて家に帰れた」と日記帳は総括している。

昭和21年、滝野川国民学校の卒業写真。著者は後列の右から5人目

第十章　戦後の旅と家業の再開

昭和二十一年戦後の旅（一）

千葉へ食糧担ぎに行った翌日の六月五日から、私は父と二人で静岡へ出かけた。日記によると東京駅朝七時発の列車に乗るのに、駒込駅四時二十七分の始発電車に乗っている。東京駅のホームにはすでに列車が着いていて、さすがに時間が早いから自由に席を選べた。海側の、窓ガラスが入っていて座席も壊れていない席を探したのだが、これがかなり難しい。窓は板張りや、ガラスでも板の中央に小さくはめ込んだ程度のものが多かった。座席も、座面が破れてバネが飛び出しかけているのや、ビロードの表面が切り取られているものが多かった。座席のビロードは、靴磨きの布に向いているので、戦災浮浪児に切り取られる場合が多かったのだ。ようやく決めた座席には、気がついてみたら網棚がなかった。

長々と待った末に、列車は定刻に発車した。やがて列車は京浜工業地帯を南下する。両側に見える風景は、見渡すかぎり焼け野原のままだった。時たま見える大型のコンクリートの建物もガランドウの廃墟で、立ち並ぶ煙突からは、どれからも煙は出ていなかった。要するに操業しているらしい工場が一つも見当らないのだ。見ていた父は「これは大変なことだ」と、深いため息を洩らした。終戦からすでに九カ月は経過しているのに、まだ復興など始まってもいない。戦災による破壊がいかに徹底していたかを、改めて実感させられた。

平塚を過ぎ、小田原に近づくころから、車窓には田園風景が見えてきた。褐色に枯れているのが麦で、「麦秋」という言葉があること、薄紅色が広がっているのはレンゲの花で、やがて水田になる、黄色い花は菜の花などと、父から教えられた。小田原を過ぎると海が近くに見えてきた。列車はトンネルをくぐり、鉄橋を渡りながら、海からつかず離れずに走り続ける。熱海までの風光は、これを初体験として、私の最も気に入りの車窓風景となった。私も父も、日本の風景の美しさを見直すことで、ひとときは心をなごませていたような気がする。

列車は途中から超満員になったので、昼近くに静岡で降りるときは窓から降りた。駅前に出てみると、戦災は東京よりもひどいように感じられた。東京よりもビルが少ないから、一面に平坦な赤い焼け跡が広がって所々に小さな木造のバラックが建っていた。ここからバスで安倍川奥の梅ケ島（静岡県北部）へ行くのだが、次のバスは二時間後だという。切符を買って近くの店で持参の弁当を食べ、みつ豆を注文してお茶を飲んだらそのお茶が一杯一円と言われて驚いた。待っていたバスは、時間が過ぎても現れない。予定のバスは故障運休で、その次はまた二時間後だということがわかった。復員兵を交えた乗客同士で相談の上、切符は払い戻してトラックに便乗することにした。当時は木材運搬のトラックが川沿いに往来していたから、街道まで行って頼めば、適当な金額で乗せてくれることが知られていた。山へ登るときは空で走るから、荷台に立って乗ればいい。ただし山から下るときは、満載の木材の上に乗るので、かなり怖いということだった。

昭和二十一年戦後の旅（二）

幸いにしてトラックは思ったよりも早くつかまえられた。いっしょに歩いていた地元の人らしいおばさんが手をあげて車を止め、しばらく運転手と話していたが、振り向いて「乗りましょう」と言ってくれた。トラックの荷台は案外高くて、先に荷物を投げ上げてから、先に大人が車輪に足をかけてよじ上り、私は父に手を引っ張り上げてもらった。走り出したトラックは、間もなく川沿いの細い道にかかった。洪水の後ということで、木材で補強した凹凸の多い車幅一杯の道の下から、車が通るとバラバラと土砂が落ちていた。その下は切り立った崖に水流が打ちつけている。上は上で木の枝が突き出しているから顔に当りそうになる、さらにその上には、今にも落ちてきそうな岩がゴロゴロしていた。その上に雨が降ってきたりしたから、景色を楽しむ余裕もなかった。

しかし乗り合わせた人たちはみんな親切だったし、話もできた。復員兵は、インドネシアのハルマヘラ島にいたということだった。アメリカ軍の上陸はなかったが、空襲が激しくて、高射砲部隊が大活躍した話を聞かせてくれた。一発の砲弾で敵の三機を撃墜したことがあったという。元気な明るい人で、自分の村に近づくと、知っている人がいたらしくて大声で呼びかけていた。そして「ただいま帰ってまいりました」と、格好よく挙手の礼をした。

トラックの行き先の都合で途中で車を降り、また別なトラックに便乗したのだが、それも途中までで、後は歩くことになった。幸いに雨は止んだ。山育ちの父は、山にかかる雲を見て、雨足が見えると教えてくれた。雨を降らせる雲は、下に暗いかげがあるのだ。それを見ていれば、濡れずに雨宿りできるということだった。途中の景色のよいところの道端で休憩し、弁当を食べた。眼下には激流が流れ、山間には白雲が流れている。絵のように美しい風景だと思った。

梅ケ島の村落に着いてから、道は車の通らない山道になった。ここからの一時間ほどの急な上り坂がきつかった。道端の石に腰掛けて、もう動けないと思うほどだった。父は野いちごを探してきて食べさせてくれた。それが甘くておいしかったことは忘れられない。いま日記を読んでみて、父親に励まされながら上った山道の情景がよみがえってきた。青年期にこれを読んでいたら、あれほどまでに父を憎まないで済んだかもしれない。

夕方、へとへとになって梅ケ島村大代花咲の父の生家に到着した。段丘に広がる十軒ほどの小集落の入口に当る家である。わら屋根の大きな家の中で、いろりの火が燃えていた。伯父伯母をはじめ、みんなが大きな驚きとともに歓待してくれた。集落の出入りの人が庭先を通る配置になっているから、近所の人たちもすぐに集まってきた。父は幼なじみからは文蔵の名を「文公」と呼ばれていた。会話は静岡弁だが、私にもだいたいはわかる。「○○だろう」の推量を「○○ら」と言うのが特徴だが、「らん」と言う人もいた。古語の「らむ」が残っていたのだ。

昭和二十一年戦後の旅（三）

山の家に着いた夜は、疲れていたのでよく眠れた。花咲の集落は「鼻先」とも言われるほどで、山の頂上に近い南斜面にある。インカの遺跡として有名なマチュピチュにも似た立地で、朝の日当りはよかった。なぜ川沿いでなく山の上に住むようになったのかはわからないが、甲斐の武田の落ち武者が住みついたという言い伝えがあるそうで、明治以前から志村の姓があったという。ちなみに日本ですべての人が姓を持つようになったのは、明治八年の「苗字必称義務令」以降のことである。

午前中は東京から送ってあった疎開荷物の整理などをした。大半のものは山の家でそのまま使ってもらうことにしたから、送り返さなければならないものは少なかった。このとき私が送った小包の中に、使いかけの下駄があったというのが、後々まで村の話題になったそうだ。身の回りの必要品を送れと言われた私の判断は、そんな程度だった。それが村では「東京ではこれほど物資に困っている」という話になったらしい。

昼からは二泊の予定で梅ケ島温泉へ行くことになり、陸軍から復員した従兄が同行してくれることになった。食糧は持参が原則だから、大荷物を背負ってくれて頼もしかった。上りとは別な間道を通って山を下り、安倍川の河原に仮建築をして住んでいる別な伯父を訪ねた。静岡市内の戦災で焼け出された家族で、私の妻の実家になる。市内の家がまだバラックなので、老夫婦と就学前の孫が残って住んでいた。この家を建てたときのことを、三年生だった妻はよく覚えている。おじいさんが持ち山の木を伐採して、大きな鋸で丸太から板を挽くところから始めたという。小さくても頑丈な家で、後に解体して山の上に運んで物置になり、今も使われている。

梅ケ島温泉への道も遠かった。途中に新田《しんでん》という川が滝になっているところがあり、遠くからよく見えたのだが、その滝の上に回り込む道のりだけでも相当なものだった。道は一応自動車も通れる幅だが、バスもトラックも交通はない。橋が落ちていて、水中の石を伝って歩くようなところもあった。ただ我慢に我慢で足元だけを見て歩き続け、温泉の宿に着いたのは夕方も近いころだったと思う。当時は一軒しかない宿の梅薫楼だった。

宿は堂々とした造りの二階建てだった。しかし宿は部屋とふとんを貸すだけなので、食事の支度などはすべて客の仕事になる。従兄は早速炭火を起こして飯盒で飯を炊き、鍋で煮物を始めた。その間に父と私は温泉に入りに行った。温泉は宿から百メートルほども歩いて行く川の対岸にある。立派な湯屋が出来ていて、八角形の大きな浴槽があり、中央の岩から湯が流れ出ていた。浴槽は充分に泳げる広さがあった。湯はぬるめで、戦前によく行った長野の親湯温泉に似ていた。脱衣場は男女別になっているが、浴槽には区別がない。だいぶ後までその流儀を通していたから、一時は男女混浴の名所にもなったらしい。しかしそのときは客の姿もまばらだった。

昭和二十一年戦後の旅（四）

歩いた疲れでぐっすり眠った翌朝、目をさますと川の音がするので、ああ山の温泉に来ているのだと気がついた。朝六時という、自宅では考えられない早朝に起きて、すぐ入浴に行った。谷の底だから、まだ山には日が当らないが、空は真っ青に澄んでいた。山にはびっしりと木が茂り、濃い緑色に沈んでいた。日本にはこんなに美しい場所もあるのかと思った。

温泉宿では湯に入るのが仕事だというので、この日は五回も風呂に入った。傷や皮膚病にも効くということだから、できものの根治がなかなかできない私の体質改善にも役立つと思われたのだろう。湯を飲むこともすすめられた。ぬるっとしてやや酸味があったが、飲みにくくはなかった。他に老人の湯治客が何人かいて、父は誰とでも、よく話し込んでいた。ぬるい湯だから、いつまで入っていてものぼせることはない。飽きれば外の河原の露天風呂へ行った。大浴場から出た湯が滝で落ちるようになっているから、肩に当てて打たせ湯ができるのだった。

従兄はお茶や椎茸の農作業が忙しいということで、一泊だけで帰って行った。帰る前に、翌日分も含めて飯を炊いたり、芋を煮たりしてくれた。その後は父と二人でどんな食事をしたのか、日記にも記憶にも何もない。従兄の荷物は、炭、米、芋、魚、缶詰、漬物、梅干と書いてあったから、それらのものを食べたのだろう。父も私も、空腹が満たされれば文句を言わない野人だった。「昔は米の飯は病気にならないと食わせてもらえなかった」が、父の決まり文句だった。

二泊して三日目の午後、帰途についた。食糧を食べ尽くしてリュックが軽くなり、下り道だから楽に歩けた。コンヤドというところで吊橋を渡って別な親戚を訪ね、河原の伯父の家を経由して大代に上った。伯母さんと子供が途中まで送ってくれた。山の家の最後の夜はにぎやかだった。近所の人たちが次々にやってきて、「何もないけど」とお茶や山菜をくれるので、帰りの荷物はたちまち大きくなった。いろりを囲んで、父たちは遅くまで話していた。

六月九日、私の休暇の最終日に山の家を後にした。大勢の人が川筋の道路まで送ってくれた。そこで静岡から来たトラックに乗っていた神明町の従兄、つまり私の妻の父親と偶然に出会って、便乗するトラックの世話をして貰ったことが、今回日記を読んで初めてわかった。丸太を積んだ荷台の上から、あわただしく挨拶する間もなくトラックは走り出した。後は狭い山道で対向車と鉢合わせしたスリルなどが日記につづられている。

この四日間、父と私は東京とはまるで違う環境の中にいた。時間が止まったように、そこには古いままの日本が残っていた。行った先で戦争の犠牲になった人の話が語られてはいたが、人々の現実の生活は、戦争とも戦災とも無縁のように見えた。都会の生活は破壊されて不便になったが、山の生活はもともと不便だから、変りようがないのだ。いろりの火と、筧《かけひ》の水と、汲取便所があれば、人はいくらでも平和に生きていられるのだった。

食糧難続く

食糧休暇は状況により延長も予定されていたのだが、明けた月曜日から授業は再開になった。その代わりの対策として、学校では取って置きの米を使って握り飯を作り、昼飯として一週間だけ配布することになった。寮生と、本当に困っている者だけという話だったが、受ける資格は全員にある。一日分一合で五十銭というのは魅力だったから、級友と誘い合わせて事務所へ券を貰いに行った。事務の女性は「通学生は本当に困っている人だけですよ」と渋っているのを、「家でも大変なんですよ」などと粘って、ついに四日分の食券を手に入れた。今日記を読み返して、かなり恥ずかしい気がするのだが、一合の握り飯は魅力だったのだろう。

この時期に教室では、教師による異例の怒りの爆発があった。金子先生という、図画の担当で高等科では理科の生徒に製図も教え、画家としても名のある芸術家だったが、スケッチを描いて来いという宿題をやってこなかった二人の生徒に対して激しく怒り、暴力的に座席から引っ張り出してドアの外へ追放してしまった。生徒を紳士として扱ってくれる温厚な先生が多い中で、考えられないような出来事であり、みんな震え上った。当時の先生は、家ではどんなものを食べていたのだろう。日記を読んでいて、そんなことを考える。

六月の下旬には、私が電気パン焼き器をこしらえた珍談が出てくる。両端に金属板の電極を立て、その間に小麦粉の水溶きを入れて通電すると、発熱してパンが焼ける。焼き上がれば自動的に電流も切れるという原理で、家庭で上手に使っている人がいるという記事が新聞に出ていた。それを作ると私が言い出して、家族公認の仕事になった。母が磁器の入っていた手ごろな大きさの細長い木箱を提供してくれて、電極にはブリキ板を二枚、両端に立てた。電灯用コードの皮をむいて電線を露出させ、左右に分けてブリキ板につけた。ハンダ鏝《こて》などはないからブリキに穴をあけて電線を通しただけで、工作というほどもない簡単な作りだった。どうやら形ができると、姉はさっそく小麦粉を水でこねて箱に流し込んだ。後はスイッチを入れるだけだが、これが怖くて簡単にはできない。いったい何ワットの電流が流れるのか、見当もつかないのだ。すると通りかかった兄が、「俺がやってやるよ」と簡単にスイッチを入れてくれた。

爆発するようなこともなく静かなままで、やがてパン生地から湯気が立ちはじめた。これは大成功かと期待しながら見ていたのだが、結果としては、焼けたところと水っぽいところとが混じって、後は時間をかけても改善せず、平均に焼ける実用品にはならずに終った。

これと同類の無謀な工作を、この前にも風呂でやっている。電熱器のニクロム線部分を直接水に入れれば、無駄のない加熱ができる筈だと考えたのだ。実際に薪で焚く補助ぐらいの加熱には成功して数日は使ったのだが、水中で過大な電流が流れたらしく、ソケットが燃えて家中が停電する騒ぎになった。

ＤＤＴと家業の再開

昭和二十一年の夏休みは、七月一日から九月十五日までという長いものになった。学校としても前例のない長さだそうで、別に説明はなかったが、学校側もいろいろな面で疲弊していたのではないだろうか。新円切り替えによる経済の停滞は復興の妨げになるというので、半年もたたないうちに規制は緩和に向かいつつあった。闇経済も息を吹き返すとともに、インフレもまた始まった。

夏休み初日には、四時起きして切符を買い、母と千葉へ食糧担ぎに行っている。乗り換えの千葉駅で一袋十円のドーナツを買って食べたところ、油が悪いらしくて母も私も腹具合が悪くなった。夜まで下痢が続いたし、汽車は混んで座れなかったし、相当たいへんだったと日記に書いてある。翌七月二日は、朝からアメリカ機が低空でＤＤＴを盛んに撒いていた。双発機が横広のノズルを曳いていて、そこから白い煙のように薬剤が噴き出していた。通過してしばらくすると、油っぽい気分のよくない臭いが立ち込めた。暑くなる前に蝿や蚊を駆除するのが目的だったのだろうが、派手に薬を撒いたわりには、効果はあまり感じられなかった。その晩も蚊は同じように出てきたし、夜は変らずに蚊帳を吊って寝ていた。

ＤＤＴは日本の衛生状態を心配したアメリカ軍が持ち込んだものだが、最も盛んに街頭で散布されたのは、この年の夏前だったと思う。ピストン式の手持ちの撒布器で、白い粉末を人にも一人ずつ吹きかけた。シャツの前を開けさせ、最後に襟首を後ろから引っ張って、背中に吹き込むのが定式だった。私が経験したのは町会のＤＤＴだったが、アメリカ兵が駅頭で乗客を直接に「消毒」したこともあったらしい。なんとなく万能の消毒薬のように思っていたのだが、じつは残留性の強い殺虫剤だったのだから、今なら人権問題で大騒ぎになるところだ。

この夏休みの間に、私の家は忙しくなった。本式に出版の仕事を再開することになり、楽譜の資料が揃っていた歌の本と、図画・図案の本をとりあえず出すことになったのだ。売る方法は、書店の流通経路は当てにならないし、信用できる広告の方法もないので、宣伝物を郵便で直接に全国の書店や学校へ送ることになった。今の言葉ならダイレクト・メールだが、そんな言葉は知らなかった。宣伝チラシは謄写版で刷った。おもに兄がローラーを動かし、私は紙の出し入れを手伝って、一晩に五百枚ぐらい作るのがノルマだった。

封筒に宛名を書く、チラシを折って封筒に入れ、小麦粉を煮た糊で封をするなどの流れ作業は、家族総出の仕事になった。戦争で中断する前は、大勢の若い社員やお手伝いさんも加わって、にぎやかにやっていた仕事だから、なつかしさもあって楽しかった。私はよく夜遅くまで手伝っていて、勉強をやらなくちゃいけないだろうから、もういいよと言われたが、途中で止めたくない気持の方が強かった。勉強なんかより、ずっと面白くて、やりがいがあったのだ。

インターハイの蹴球

日記によると長い夏休みの間にも、八月の後半には「講習会」という名で、希望者に対する教育が行われたようだ。ただし自分を含めて、あまり熱心に勉強した様子ではない。なぜか他校の生徒にも開放されて、女学生もいたように思う。しかし八月三十日の最終日の幾何の時間には、そこそこの人数は登校していた筈なのに、先生が来るまでに大半の生徒は消えてしまい、残ったのは私を含めて二人だけになってしまった。先生は「おや二人きりかい」と驚いていたが、ちゃんと授業をしてくれて、「これじゃあんまり情けないと思った」と日記に書いてある。戦後の自由主義ムードの悪い面が、私たちを蝕み始めていたのではないだろうか。

家では引き続き仕事が忙しかった。郵便物作りが毎日大量にあって、夕方になると、かなり遠い豊島郵便局まで母とリヤカーで運んだ。坂もある三十分近い道のりで、暑い盛りだから汗だくになった。楽しみは、帰りに巣鴨駅近くの店で食べる「かき氷」だった。

九月になり、二学期が始まったが、日記でくわしくわかるのは、朝の電車が故障で遅れたとか、夜に停電で勉強ができなかったといった雑事ばかりである。インフレの進行など社会の動きは、ほとんど伝わってこない。わずかに九月十五日に鉄道のゼネストが予定されていたが、中止になったという記事がある。

それよりも二学期早々の大きな話題はインターハイの蹴球だった。いまの言葉ではサッカーだが、旧制高校の蹴球大会は、戦前の学生スポーツとしては、甲子園の中等学校野球大会と並ぶ名物だった。日記帳にあるトーナメント表によると東日本大会のようだが、戦争で三年間中止になっていた大会が復活したのだ。この試合を応援に行くのは学校公認で、尋常科の生徒も授業を短縮して行くことになった。緒戦では富山高校に勝ち、二回戦で成蹊高校に勝ち、三回戦で東京高校に負けるまで、三つの試合を見に行っている。会場は東大構内の御殿下グラウンドだった。東大の敷地の中に入ったのも、このときが初めてだった。三つの試合の記憶は渾然一体化しているが、試合と応援の雰囲気は、よく覚えている。

わが武蔵高校の応援は三三七拍子の拍手が中心だったが、地方高校の応援では寮歌を歌っていた。対戦相手ではなかったが、一高の応援団は大太鼓を竿で吊るして二人で担ぎ、扇子をかざす応援団長の指揮でドンドンと打ち鳴らしていた。「乗ずるときは今なるぞ、乗ずるときは今なるぞ、蹴っ飛ばせ、蹴っ飛ばせ……」という応援歌は、およそ運動競技の応援とは思えないような、のんびりしたテンポだった。要するに旧制高校生の歌というのは、すべて「ああ玉杯に花受けて」と同じテンポで歌われるのだった。

インターハイの蹴球は、戦後は昭和二十三年まで、三回行われて終っている。岡山の第六高校と広島高校が強かった。武蔵高校は昭和十二年（１９３７）に全国優勝している。

昭和二十一年秋の東京

昭和二十一年の夏が過ぎると、終戦から満一年を経過したわけだが、復興とはほど遠い状況だった。経済安定本部や物価庁が設置され、農地改革が行われ、新憲法の審議と制定が進められてはいたが、経済が立ち直る基盤は何もなかった。賠償として価値のある産業設備は、日本から撤去されるという方針も伝えられていた。戦後処理に必要な経費を調達するため、十月に復興金融公庫が設立されたのだが、これが新円切り替えによる統制を事実上撤廃する結果を生み、インフレが再燃した。

生活防衛のために企業別に組織されてきた労働組合は、相次いで全国組織に統合されて、共産党系の産別会議と、社会党系の総同盟が並び立った。電気産業も国鉄も産別会議の傘下に入ったから、争議手段としての停電ストや、鉄道のストライキも行われた。さらに石炭の不足により、十一月には旅客列車の削減も行われている。復興どころか、戦後のどん底は、これから来るのではないかという不安さえあったのだ。

そうした中で私の学校生活は続いていた。日記によると、通学の電車のトラブルの記事が多い。山手線で駒込から池袋まで、武蔵野(現・西武)線で池袋から江古田まで通っていたのだが、電車の遅延や運休は日常のことだった。満員の電車は、ドアが閉まらなくても発車した。警告するように最初は少しだけ動き、やがて速度をあげるので、乗るのをあきらめるのだった。そんな中でも、進駐軍専用車は空いていた。山手線では外回りの先頭に当る一両がそれで、白く太い横線が入っていた。全部で六両編成だった時代である。武蔵野線は二両または単車で運転されていた。進駐軍が乗ると一両が占領されたり、一両の半分をロープで仕切ったりしていた。

時代を感じさせる学校での珍事件としては、「進駐軍の教科書調べ」騒動が記録されている。十月二十四日の朝に学校へ着くと、「アメリカ軍が調査に来るので、地図を隠さないといけない」という大騒ぎになっていた。当時の地図帳は古いままで、朝鮮も台湾も日本領になっている。これが摘発されるらしいといううわさだった。級長が職員室へ聞きに行ったが、先生が誰もいないという。何もわからぬままパニックになり、地図を集めて隠し場所を探しに校内を走り回った。そのうち「あっ、もう巡査が来た」と声があり、二十名ばかりの日本の警官が入ってくるのが見えた。私はとっさに「下はだめだ、時計塔がいい」と言い、賛同した十名ほどで屋上へ駆け上がった。後でわかったことだが、防火週間で、消防署の検査などがあったのだった。

この秋には、神社のお祭も復活している。お神輿《みこし》が出て、大通りに一杯の人だかりの中を威勢よく揺られて行った。神社の境内には昔のように屋台が出ていて、演芸大会などもやっていた。人は大勢集まっているのだが、屋台の売り物は貧相だった。一回一円の福引を五回やってみたが、小さな「うつし絵」と鉛筆一本しか当らなかったと、日記に書いてある。

電産ストとインフレ激化

昭和二十一年（1946）というのは日本の労働運動にとっても重要な年で、多くの有力な組合が、この年を発祥の元年としている。私は後に労働運動の歴史を体系的に扱うようになるのだが、当時の日常から労働組合の動きを辿ってみよう。

十一月二十六日の日記に「このごろまた電産ストが始まったのか、夜になると六時、七時、八時ごろに必ず十分ぐらいずつ停電するようになった。」と書いてある。その前の「十月攻勢」では、もっと長い停電ストが頻発していた筈である。ラジオの「日曜娯楽版」では、「明日の電気予報を申し上げます。関東地方は送電のち停電、ところにより、ついたり消えたりするでしょう。」などとやっていた。それに石炭不足による発電量の不足と、都市ガスがないために電気コンロの使用が増えたから、電圧の低下や計画停電も頻発していた。停電回復の見込みを電灯会社に電話で問合せたら「計画停電なので、わかりません」と言われたという実話がある。

電気産業の労働組合は昭和二十一年四月に「電産協」を結成している。この電産協が十月闘争を記録して『我ら電気労働者』という映画を作っているのだが、これがなんと35ミリの劇場映画の規格で作られていたから、昭和四十年代に発見したときには驚嘆した。当時の産業や労働者の生活も記録されている貴重な資料で、映画人が全面的に協力したのに違いない。停電ストの実況も記録されている。定時に配電盤のスイッチを落とすと、東京の街が一瞬にして暗闇に沈むのだ。この場面を組合の記念行事などで上映すると、大きなどよめきが起こったものである。

私の日記には、十二月二十二日に家族で銀座の食堂に入った記事があり、ココアが五円、汁粉が七円だったことがわかる。たいへんな物価の高騰だが、同日の地下鉄は五十銭である。公共料金と自由価格との格差が開いているのだ。このころの労働組合の記録には、賃上げ三倍増要求というような例が、いくらでも出てくる。民間の組合は労使の力関係で交渉するからそうなるのだが、官公庁や国営事業の賃金は簡単には上らない。結果として、この時期の官公労働者の賃金は、民間の半分以下だったと言われている。今とは逆に「民高、官低」になっていたのだ。こう考えると、当時の労働攻勢が官公労組主体となり、先鋭化した理由が、よくわかる。

電産協も翌年には組織を単一化して「電産」となり、産別会議の闘争の主役になるのだが、昭和二十年代後半にも停電スト、電源ストを乱発して世論の批判を受け、組織の分裂を引き起こした。そしてスト規正法の制定を招き、電力民営化、全国九電力の分割へと進んでいった。その歴史は、後の国鉄民営化と非常によく似ている。

この年末に、私は父に連れられて神田方面へノートの買いだめに行っている。何軒もの文具店を回って三百四十五円を使い、合計四十七冊を買った。一年前なら高給の月収に当る金額である。値上がりが目に見えていたのだ。

昭和二十二年の正月

　私にとっての昭和二十二年の正月は、あまり楽しいものではなかった。母と、同居していた叔父とが風邪の発熱で寝込んでいる中で、いつもの炬燵《こたつ》で雑煮を食べた。暖房は、当時の常識だが、部屋を暖めるという発想はなくて、炬燵と手あぶりの火鉢だけだった。正月らしい遊びとしては、小学校時代の友だちと往来し、寒い中でも体が熱くなるほど羽根つきをしたり、家に入ってトランプや花札で遊んだ程度である。夜には父を交えて百人一首のかるた取りをしたと思う。

　この正月の最中に、家業の方では、前年中に発行の予定で遅れていた新刊の『日本唱歌集』がようやく出来上がり、とたんに目の回るような忙しさになった。予告してから半年近くも待たせていたから、大量の注文がたまっていたのだ。私も毎晩十二時ごろまで荷造りを手伝い、力を入れて紐を結んだから、指先が痛んで困った。しかしおかげで家業の再開は軌道に乗ってきた。金回りもしだいに良くなってきた筈である。一月十九日の日曜日には、父母と買い物に出た話を日記に書いている。私は牛革のベルト、七十五円の高級品を買って貰っている。金さえ出せば、ある程度は良いものが手に入るようになりつつあったのだ。その一方で、食料品の値段の高さが目立つ。つい半月前の大晦日には二十七円だった鰯の缶詰が、一個三十五円で売られていた。まだ公式には全国民が月額五百円の新円枠で生活することとなっていた時代のことである。

公共料金、たとえば電車賃はまだ安かった。このとき省線の最低料金は、隣駅までは二十銭である。その電車の状況は、改善するどころか、ますます悪くなるように見えた。二月十二日の日記に、山手線の車両の惨状が記録されている。「見れば見るほどすごい車だ。右側では十一の窓のうち、ガラスまたは板がはめてあるのは六つだけ、左側の窓は十一のうち六つは何もなし。ドア六個所のうち閉まるのは四つでそのうち一つはガラスなし、あとは開きっ放し。おまけに床には人の足がすっぽり入るほどの穴が二つ。」だから風の吹き込みで寒くてたまらず、乗客は車両の風上の端に立って固まっていたと書いてある。

武蔵野線でも東長崎駅で、一月十六日に二名の死者が出た。乗り合わせた友人の目撃だが、駅に入る直前に乗客の一人が電車からこぼれ落ちてホームに頭をぶつけて即死。そこでかけつけた救急車が、通過する電車の外側にぶら下がっていた乗客に接触して、また一人即死したということだ。

四百名あまりの死傷者を出した有名な八高線の列車脱線転覆事故は、この年二月二十五日のことである。新造車両はなく、乗客数は増える一方だから、交通事情が、通学を始めた一年前よりも悪くなっているのは私も実感していた。鉄道関係の要人を父親に持つ友人の話では、占領軍による懲罰的な賠償として、日本の電気機関車の良質のものが、東南アジアへ持ち出されているということだった。日本に対する戦後処理の方針は、まだ完全に固まってはいなかったのだ。

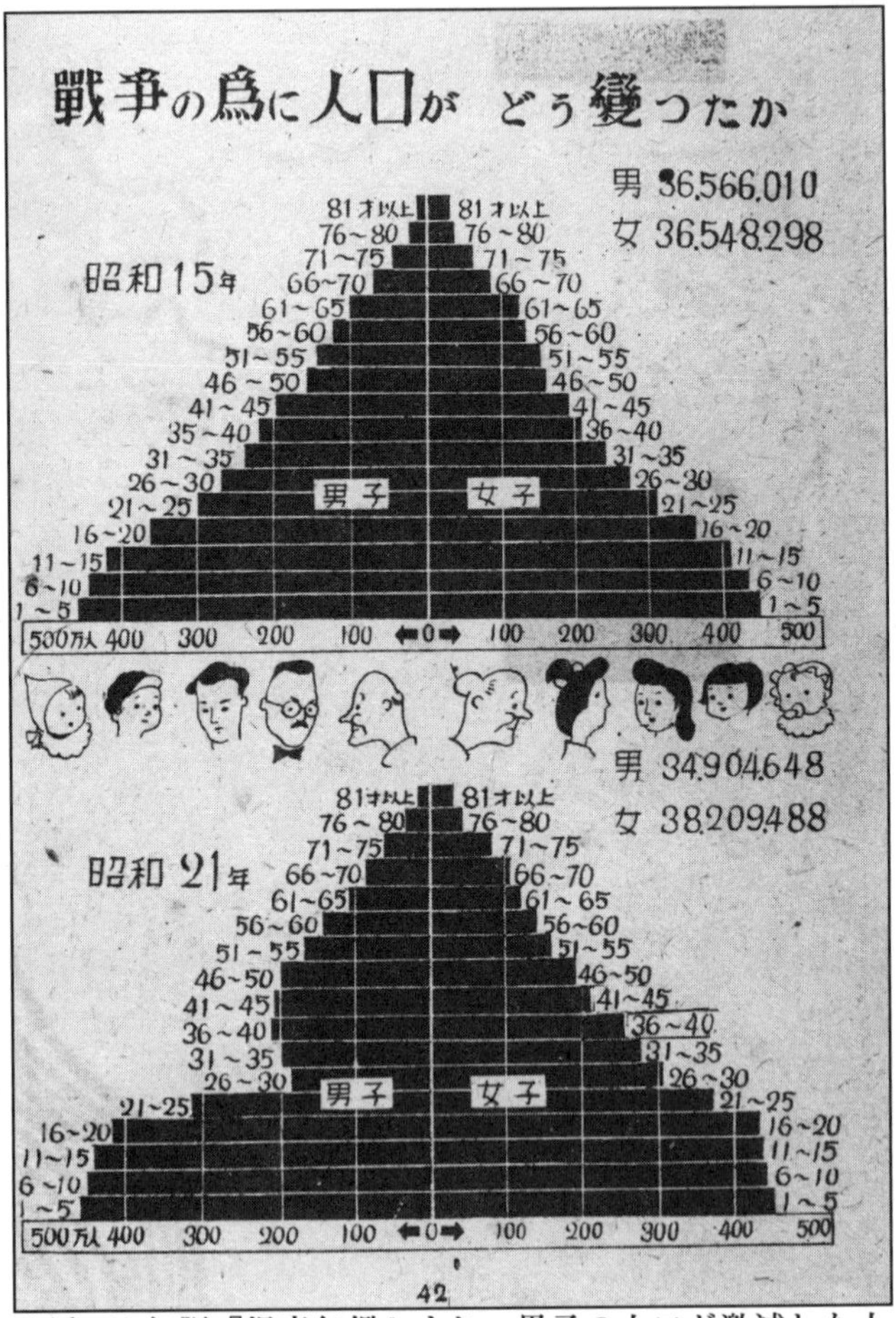

昭和24年版『児童年鑑』より。男子の人口が激減した人口ピラミッド

第十一章　廃墟の中からの復興

不逞の輩と二・一ゼネスト

昭和二十二年（1947）の年頭に、吉田茂首相はラジオ放送で、一部の労働組合指導者を「不逞の輩《やから》」と呼んで非難した。前年秋から年末にかけての労働攻勢は激しいものがあり、労働組合が職場の支配権を握ってしまう「生産管理」や、共産党の活動と連携した「隠匿物資の摘発」なども頻発していた。経営・管理者側が自信を失ってしまう例もあり、秩序の回復を訴える首相の発言だったのだが、これがまた激しい反発を引き起こすことにもなった。

私の一月の日記にも、「……省線、都電等は、『最低生活を保証する賃金確保』『五百円の枠を外せ』『我々の要求を御支持下さい』といったビラを車体にベタベタ貼ったり、メガホンで怒鳴ったりしている。」と書いてある。インフレは進行しているのに、月額五百円の預金封鎖は、まだ続いていたのだ。そこに「反動吉田内閣打倒」のスローガンが加わった。「反動」というのも当時の流行語で、社会・共産主義や労働運動に対立するのは、すべて「反動」として罵倒されるのだった。こうした中で二・一ゼネストが計画された。

これは産別会議の官公労働組合が中心となり、総同盟の民間組合も同調する形で、全国規模の一斉ストライキを行い、内閣を退陣に追い込むという、非常に政治性の強いスト計画だった。私の日記も「二月一日から全部の役所、鉄道、バス、電気、郵便、気象台、学校の先生まで、全部休んでしまうのだから、たいしたものだ。……どこへも行けず、夜は真っ暗、ラジオも聞けず、新聞も読めずテナわけで、えらい不便なことになるだろう。」と予想している。ただし半分は面白がっているようで、深刻に心配をした記憶もない。

しかしこのゼネスト計画は、戦後日本の政治路線の分岐点だった。共産党は内閣を倒した後に人民政府の樹立を夢見て、閣僚名簿まで用意したと言われる。だがアメリカ占領軍は、日本の民主化の一環として労働運動を奨励したものの、共産化を容認するほどまで寛容ではなかった。このストライキが、マッカーサーの指令により直前に中止させられたことは、周知の通りである。共闘議長の伊井弥四郎は、涙声のラジオ放送でスト中止を告げた後、「労働者・農民万歳、われわれは団結しなければならないのだ」と叫んだ。その声を私は実際に聞いている。

すでに日本国憲法は前年のうちに審議、採決を終えていて、吉田首相は「日本は自衛のための戦争もしない」と明言していた。しかし吉田首相はゼネストを自力では解決できず、マッカーサーの強権発動を余儀なくさせたことで信任を失った。マッカーサーは早期に議会を解散して、新しい選挙法で総選挙を行うよう指令した。その結果として四月の選挙では社会党が第一党となり、片山内閣が成立することになる。このあたりの政治・社会の動きは、戦国時代小説を読むように面白いのだが、私がその全貌を知ったのは、もちろん労働関係の資料づくりを仕事にするようになってからのことである。

立春に卵が立つ話

ゼネスト中止直後の二月二日に、兄が通う一高の記念祭を見に、父も交えた一家で駒場のキャンパスへ行った。寮内の展示を見て回ったのだが、とぼけた面白いものや難しそうなものなど雑多な中で、政治的なスローガンも目についた。「忘れるな、マッカーサーの武力弾圧を」など、こんなこと書いてもいいのかと思うようなのもあったと、日記に記録してある。校内は見物客で満員状態で、学生劇などの催し物は見られなかったが、戦後の解放的な雰囲気があったことは覚えている。

この年の冬は寒かったから、私の通う武蔵高校の濯川《すすきがわ》も氷結して、氷の上を自由に歩いて渡れるほどになった。足の下を赤い鯉が泳いでいるのが見えて面白かったと日記に書いてある。その寒さの中で「立春に卵が立つ」という話が持ち上がった。たしかにその年には大きな話題だったようで、日記を読み返して、世界的なニュースだったことに驚いた。

ことの起こりは中国の古い伝説に「立春には卵が立つ」と書いてあり、それを昨年にアメリカで実験した人がいて、成功したということだった。それが世界に広まって今年は大騒ぎになり、上海では卵の価格が暴騰して、立春前日には一個六百元になったという。そして二月六日の新聞には「立った立った日本でも立った」と大きな写真入りの記事が出た。それによると、立春の五日午前〇時二〇分に、東京気象台はじめ各地で実験して成功したということだった。そして解説には、立春のときだけではなく、寒い夜にはいつでも立つので、これは黄身の濃度が高くなって重心が低く沈むからだろうと書いてあった。後にニュース映画でも、気象台で職員が卵を立てている場面を見たことがある。

新聞を見た私も、もちろんその夜に実験してみた。家にあった三個でやってみると、一見難しそうなのに、意外に安定して立ちそうな予感がした。ついに九時半に机の上で一個が立った。畳の上なら、三個を全部立てることができた。その後に新聞にも解説が出たのだが、要するに卵の殻の表面は完全に滑らかではなくて、顕微鏡的には無数の細かい凹凸があるのだ。だから重心を小さな三点で支える形にさえなれば、どんな向きであれ立つのは当然になる。卵の細い方を下にしてもいいし、中身の温度にも関係はない。ゆで卵でも構わないことになる。

わかってみればそれだけのことで、以後、卵が立つ話がマスコミに載ることはなくなった。私の日記も卵が立った場面を絵に描いた上で、「これが一週間前なら世界中に写真入りで伝わったろうに、惜しいことをした。しかしこれも『コロンブスの卵』と同じことだろう。」と総括している。この記事を書くに当って、私は今日も冷蔵庫の卵で念のための実験をしてみたのだが、これを書いている机の上で、一分もかからないうちに立てることができた。私の妻もこの話は、かすかに覚えているという。年代判別の話題の一つになるかもしれない。

家業の繁盛と関東大水害

昭和二十二年春には学制改革が施行されて、中学の三年間が義務制となり、旧制の高等学校は廃止されることが決まった。武蔵高校は高校と大学に再編されるとかで、尋常科生の新規募集をしなくなった。だから落第は不可能になると言われた。この年、高等科の受験生は、門外まで列が続くほどの盛況になった。その中には、軍服姿の陸海軍の復員兵も少なくなかった。

尋常科二年になっても、ほとんどの教科には教科書がなく、黒板からの書き写しや、プリントだったと日記には書いてある。しかし授業の質は高かった。今なら大学教授クラスの、著書などもある先生たちが多かった。二年の最初の英語教材だったイソップ物語は、イギリス仕込みの先生のきれいな発音とともに、今でもほぼ全文を暗記している。“One day a wolf and a lamb, happened to come at the same time, to drink from a brook that ran down the side of the mountain.……” 中学二年の最初にしては難しいと思うのだが、これを寺子屋の素読のような感覚で学んだ気がする。

二年になると、私は鉄道模型の製作も始めている。店は少なく部品は高価だったが、趣味の店も復活してきたのだ。神田で父に電気ハンダ鏝《ごて》を買って貰った記述もある。この春に家業は本格的に繁盛してきた。家の中には本が山積みになり、家族総力をあげての、発送業務との格闘が続いた。家の敷地と、隣接する強制疎開の跡地を、地主から買い取る話が急にまとまって、新しい倉庫と住居の建築が始まった。物資も職人も不足しているから、工事は度々中断したが、夏までには完成した。屋根は当初は杉皮を打ち付ける「トントン葺《ぶ》き」の予定だったが、途中で本式の瓦葺きに変更になった。大勢の職人が出入りして、弁当の時間には母はお茶や菓子類の接待に追われていた。職人たちは暇さえあれば戦争の思い出話で盛り上がっていた。

しかし日本の社会全体が復興したわけではない。停電は相変らず多かったから、比較的に停電の少ない学校の先生に頼んで、長い電線で電気を分けて貰ったりもしていた。家の安全器を切り、引いてきた電線をコンセントにつなぐと、家中に電気が流れるのだ。そんな中で九月の台風による豪雨で、利根川の堤防が栗橋で決壊した。水は一週間かけて東京の東部を水没させて東京湾に注いだ。私は一時間に一本の避難用電車にもぐり込み、終点の新小岩まで行ってみた。周辺の一面は湖のようで、私の日記は次のように記述している。

「駅前の町は軒下三尺ぐらいの水の中にあった。……大きい舟もあったが、大部分は急ごしらえのいかだで、荷物はたらいに入れて、いかだに結えつけてあった。町は二階家が多く、二階の窓から梯子をかけて舟で出入りしていたし、ボートが料理屋の座敷の中まですーっと入って行ったのは面白かった。水は線路の両側にあったが、市川の方に向って左側の方が高く、水はガードと駅の地下道にはけ口をみつけて恐ろしい勢いでゴウゴウ流れていた。」

値上げ三・五倍の時代

昭和二十二年後半の私の日記から読み取れるのは、学校の先生の休講が非常に多かったこと、それに悪乗りして生徒が早帰りのために合併授業などを要求していることである。休講で待ち時間が発生する場合、甲乙組の授業を合併教室で行えば、生徒は早帰りできるし先生も授業の回数が減る。この共犯関係が、中学二年生の要求で、しばしば実現しているのだ。体操の授業では、出席をとってから「グランドの状態がよくないから、好きな運動をしてよろしい」「卓球でもいいですか」「卓球でもよろしい」「帰ってもいいですか」「帰ってもよろしい」と、先生と交渉した記録も日記には書いてある。規律の弛緩は時代の風潮だったかもしれない。

それと、電力事情はこの昭和二十二年後半が最悪だったようだ。火力発電のための石炭が足りないということで、電圧降下を防ぐための計画停電が頻発している。ニクロム線が露出した簡便な作りの電熱器が急速に普及したこともあって、夕食時に停電することが多かった。「夕方の電熱器はやめましょう」という手製のポスターを作って、町内に貼って回ったこともある。

日記には意外なほど言及が少ないのだが、この時期の物価上昇は、すさまじかった。社会党首班の内閣の下で、標準世帯月額五百円のベースは千八百円に改められた。それと同時に、鉄道の運賃は三・五倍に引き上げられた。郵便、電気、新聞から酒、タバコに至るまで、あらゆる生活必需品の値上げが、倍々方式でそれに続いた。新円発行と預金封鎖による物価抑制政策は、経済安定本部による「新価格体系」の発表により、完全に放棄されてしまった。新価格体系は、インフレを追認した上で経済の安定をはかるのが目的だった筈だが、裏付けとなる生産力の回復が追いつかなかった。政治の場では、過度経済集中排除法などで財閥の解体が進められていたし、石炭の国家管理などが論じられていた。要するに日本経済復興の主役は何であるべきかが、決まっていなかったのだ。

出版界では、用紙の不足が深刻になり、『文芸春秋』など一流の雑誌さえ休刊に追い込まれていた。その一方で、粗悪なエロ雑誌などが乱造されて高価で売られていた。それらは「カストリ雑誌」と呼ばれた。「一号二号はいいが、三号はいけません」と、安酒の一合二合にひっかけた一発狙いの出版物だったが、当然ながら猥褻《わいせつ》物として警察に摘発されることも多かった。私たちは苦心さんたんしてそれらを手に入れて、クラスの中で回し読みしたものである。

私の家の出版物も、この時期にはよく売れた。難しいのは値段を決めることで、良心的に決めると次の用紙の仕入れが出来なくなってしまう。そんなときに一番強気で、高い値段を主張したのが母だった。家人も驚くような高い値段をつけても、半年もしないうちに適正価格になってしまうのだった。まことに野蛮な、早いもの勝ちの世の中だったと思う。堅実に預貯金を守っていた人たちは、日に日に下落する財産の目減りを、不安の中に眺めているしかなかったのだ。

続くインフレと凶悪事件

昭和二十三年（1948）の正月も、私にとっては楽しいものではなかった。父も兄も体調を崩していたし、仕事の忙しさは相変らずだった。正月の二日から、たまっていた注文の発送荷造りで、夜の十一時まで働いたと日記でぼやいている。それでも四日には父と姉と三人で正月の街を見に出かけている。日比谷公園へ行ってみたのだが、人は大勢歩いているものの、池には水がないし、芝生が少しあるだけだ。昔はきれいだったと聞かされても、公園とも言えないような、ただの広場だと思った。戦時中は高射砲陣地だった筈だが、このときは進駐軍用の仮設の運動場が出来ていたような気がする。そこから新橋を通って日本橋までずっと歩いたが、百貨店は閉まっているし露店さえ出ていないし、本当にただ歩いただけで終ってしまった。

始まった学校の三学期も、相変らず先生の休講が多くてぴりっとしなかった。しかも学制の切り替えでごたごたするとかで、二月の下旬から五月の上旬まで、三カ月近くも休みになると聞かされた。

世相の荒廃は、さらに進んでいるように感じられた。「二日続けて東京に強盗事件なし」というのが、新聞の大見出しになったりしていた。そんな中で一月二十六日に帝銀事件が起きた。事件の現場は帝国銀行椎名町支店で、毎日の通学電車の窓からよく見えた。やや大きな瓦屋根の家に看板をつけてあった。さらに驚いたのは、チブスの予防薬だと毒を飲まされて殺された十二人の犠牲者の中に、漢文担当の内田泉之助先生の娘さんが含まれていたことだ。犯人への怒りとともに、生徒の間からも何かしたいという声が出て、見舞金を集めて先生に贈った。教壇に直立して謝辞を述べた先生の悲痛な表情が、今も記憶に残っている。

内田泉之助先生は、その後に私の担任にもなった。還暦を迎えた年に七言絶句を作って教室で披露されたが、その中に「自ら慰む三楽なお二を存するを」という句があった。三楽とは君子の三つの楽しみを言い、家族が息災で、天地に恥じることなく、英才を育てることである。家族を失ったが、教師として二つの楽しみは残っていると、誇りを述べたものだった。

それから間もない二月三日には、インドでガンジーが暗殺された。前年の終りに、インドとパキスタンが念願の独立を果たして間もない時期の大事件だった。これが両国の宗教対立をさらに深刻にして、各地で暴動を発生させた。中国大陸では、国民政府軍と中国共産党軍との戦闘が、ますます激しくなってくるようだった。満州の大半はすでに中共軍に占領されて、ソ連領のようになってしまったと日記には書いてある。

この年もインフレの進行は止まらなかった。郵便料金は四倍、鉄道運賃は三倍の値上げが行われている。電車の事故が多いのも、停電が頻発するのも、一向に改善の様子は見られなかった。そんな中で私は何を考えていたのか、日記は心の内面を語っていない。

焼けビルの住人

昭和二十三年（1948）四月末に尋常科（中学）三年の一学期が始まったが、教科書は一冊も来ていないと、日記には心細いことが書いてある。武蔵の先生は個性的な人が多くて、あまり教科書には頼らない授業が多かったのだと思う。新制中学の教科書は、使った覚えがない。三年の三学期に高校一年の数学の教科書を渡されて、内容は全部済んでいるから復習に使うとよい、と言われた記憶がある。

この頃に、険悪な世相は近所にまで迫ってきた。すぐ近くのピアノの先生の家では、玄関に誰かが来たような音がしたので出てみたら、人は誰もいなくて、置いてあった靴が三足なくなっていたということだった。少し離れた所では、真っ昼間に三人組の強盗が押し入り、女二人の家人を縛り上げて、家中を荒らしていったと聞いた。これでは物騒だというので、両隣の家と話し合って、三軒をつなぐ防犯ベルを取り付けることになった。私がその工事を担当することになり、電線やベル、変圧器などを買い集めてきた。かなりの工事だから、五百円ぐらい頂かないと採算が合わないと、強気なことを日記に書いている。ちなみに、当時の官公労は二千九百円の賃金ベースを不満としてストライキをしている。

この時代らしいと思うのは、六月三日に突如として進駐軍の命令による学校の大掃除が、授業を中止して一日がかりで行われている。その前には同じく進駐軍の命令で全員にチブスの予防注射というのもあった。帝銀事件で銀行員が素直に青酸カリを飲んでしまったのも、「進駐軍の命令」という絶対の権威が利用されたのだった。

この年の夏休みも、私は家業の手伝いでよく働いた。快速の自転車を飛ばして郵便局まで発送の荷物を運ぶのは、おもに私の仕事だった。七月二十六日、豊島郵便局へ行った帰り道で、すごい夕立に遭ったことがくわしく日記に書いてある。染井墓地に近い、比較的高級な住宅街を通っていた。大きな木の下で先に自転車で雨宿りしている人がいて、私もそこに身を寄せた。そこへまた大学生風の若い人が加わったが、木の下で防げるような雨ではなくなった。向かいは二階建てのコンクリートの焼けビルだった。意を決して三人は焼けビルの中に突入した。

ビルは窓にガラスは一枚もなく、庭も荒廃して、人が住んでいるとは思えなかったのだが、意外にも奥の小さな部屋に木製の戸がついていた。その戸が細めに開いて、中年の女性が顔を出した。一瞬不安そうにこちらを眺めたが、男三人でも悪さをしそうでもないと思ってくれたのだろう、すぐに引っ込んで戸を閉めてしまった。雨やどりの言い訳をする間もなかった。その人の奥様風の上品な顔立ちが、いつまでも記憶に残った。他に家族はいたのだろうか。激しいインフレの中で、どのように生活しているのだろうか。焼けてしまった家を建て直す算段はできるのだろうか。気にはなったが、焼けビルはまだ、ありふれた風景だった。戦後三年目の夏である。

遅れて来た悪童時代

尋常科（中学）三年の学校生活には、割合に思い出すことが多い。吉川英治の著作を夢中で読んだのが、この年だった。『宮本武蔵』から始まって『三国志』『太閤記』へと続いた。『太閤記』は刊行が続いていて、続刊が出るのを待ちかねて買った記憶がある。宮本武蔵の人物像には心酔したから、夜中に日本刀を持ち出して、月光の下で振り回したりして、軟弱な世相と戦う気になっていた。三国志では、劉備玄徳《りゅうびげんとく》になったつもりで、徳の力で豪傑たちを従え、国を再建する意欲に燃えた。思想的には民主主義教育をバカにして、圧倒的な科学力で世界を統一するようなことを考えていたと思う。

理想は高かったが、やったことは子供じみていた。校庭には森が残っていて秋にはどんぐりがたくさん落ち、それをぶつけ合う「どんぐり合戦」が伝統の遊びなのだが、私はゴム式パチンコでどんぐりの弾を撃つ狙撃の名人になった。教壇上の教卓にチョークを立て、教室の一番奥から狙って命中させるほどの精度になった。三階の窓から下を歩く級友のカバンに当てて驚かせたこともある。藪から篠竹を切り出してきて、剣に見立てたフェンシングも、よくやった。ようやく玩具屋に出回るようになった、火薬で音の出るピストルも愛用した。英国映画の影響で騎士道に凝っている級友と組んで「イタズラ団」という秘密結社めいたものを作り、暗号で通信するようなこともした。戦時中に遊び足りなかったのと、末っ子で勝手な行動ができずに育った反動だったような気がする。

日記の上でも、この辺で子供から大人への変化が起きているのがわかる。日常の記録を書くのは面白くなくて一種の行き詰まり感があるのだが、自分が思っていることの表現は、まだ出来ずにいる。わずかに偽悪的な小話や替え歌を作って、級友の間に回したりしていた。「東京ブギウギ」の替え歌が日記に残っていた。私たちの教室は三階の端で、ドアが一つしかなかった。

武蔵物騒物騒　いつもガタピシャ　ドタンバタンで明け暮れ
物騒なとこ　尋三乙　武蔵物騒物騒
手くせ悪いやつ　みんな揃って　あっという間に戸閉まる
もう開かない　出られない　武蔵物騒物騒（タスケテー）

この年の夏から、家では『児童年鑑』の復刊に向けて準備が始まった。昭和十七年版を最後に休刊したから六年間の中断になる。その復活は家業の本格的な復興の象徴だった。そこで編集に必要な地図やイラストの描き手として、美術学校の生徒が三人通ってくるようになった。増築した板の間に机を並べて仕事をしていたが、停電が多いので困っていた。蝋燭をたくさん立てて明るくするのだが、煤《すす》が飛ぶので、紙が汚れるのだった。美校生には軍隊の経験者もいて、いずれも明るく元気な青年たちだった。その中の一人は、後に姉と結婚して私の義兄になった。

野ばら社の『児童年鑑』昭和二十四年版

昭和二十三年の十月以降、私の日記は中断する。もう父親の検閲はなくなったし、義務で書くような日常の記録を続けるのは、つまらなくなったのだろう。この年の秋から年末は、非常に忙しかった筈だから、それも日記を休む口実になったのかもしれない。

年鑑のような定期刊行物の編集・制作は、つらいものである。発行日が決まっているから、自分で自分を縛って遅れを取り戻さなければならない。父は気分屋で決して勤勉ではなかったから、仕事を手伝う周囲の人間も楽ではなかった。年鑑の発行は、この年をはじめとして、いつも年末ぎりぎりまで追い込まれた。クリスマスは「苦しみます」で、サンタクロースは「さんざ苦労する」だと、母と姉は嘆いていた。それでも年末に昭和二十四年版の『児童年鑑』は完成した。

ページ数は二百六十二ページとやや薄く、箱入りでもなかったが、表紙と背文字には、ちゃんと金箔を使っている。定価は百八十円で、この値段は当時としても高かった。発行後に学校へ持って行って友だちに見せたが、「高いや」と言われたのを覚えている。昭和十七年版が一円二十銭だったから、七年で定価は百五十倍になった。それでも競争相手がないからよく売れた。

肝心の中身だが、歴史年表から皇紀が消えて西暦本位になっている。しかし紀元前六百六十年のところに「神武天皇即位と伝えられる」と書き、括弧して（年代不確実、西暦紀元元年前後であろうとの説有力)としているのは、往生ぎわが悪い感じがする。年代の記述をめぐって父と兄が論争しているのを聞いた覚えもあるが、中学三年の私は、まだ編集に参加していなかった。父は「日本の歴史は古事記や日本書紀などがあるのだから、漢書の記述を優先するのはおかしい」という持論を、最後まで変えることがなかった。

法律のところには日本国憲法とポツダム宣言の全文があり、時事解説では東西対立と「鉄のカーテン」を地図で図解している。基礎資料の都道府県や世界の国々の特徴、各種統計資料などは、良心的に新しいデータを集めたようだ。現代用語の解説から当用漢字一覧まで、社会常識を養う良質の資料を子供たちに提供するという、伝統の制作意図は貫徹されている。

巻末の「編集だより」に、父は「愛する祖国の光栄ある独立と輝かしい民族の自由を得るためには、国民の一人一人がたゆみない努力を続け、苦難に耐え、不滅の希望に向って進んで行く、それ以外に近道もなく、また奇抜な方法など、絶対にあり得ません。」と書いている。連合軍の占領がいつまで続くか見えなかった当時の、父の真情をつづったものだと思う。しかしながら、大筋では時代の流れのままに戦争に協力し、少年少女にもアジア十億の指導者になれと説いていたことに対する反省の姿勢はない。また、戦争のために失われた多くの生命に対する、悔恨の言葉も追悼の祈りもない。私自身を含めて、わが家族は戦争の傍観者でしかなかったことを、認めざるをえないと思う。

インフレの終息

昭和二十四年版『児童年鑑』の定価百八十円は当時としても高い値付けだったが、この定価は二年後の昭和二十六年版まで守られている。ページ数が四百ページ近くまで厚くなって戦前期と同等になり、付録として大判の世界全図・東亜要図を折り畳んでつけた上で箱入りになっているから、実質的には三割程度の値下げをしたことになる。激しかったインフレも、昭和二十四年を境にして、ほぼ終息したことがわかる。『児童年鑑』の定価は、昭和三十一年版でも二百円だった。そして昭和二十六年から、今も通用している十円銅貨の発行が始まった。それ以後の日本の物価の騰貴は、五十年かけて十倍から二十倍程度の、ゆるやかなものになって今に至っている。

野ばら社版の後を追って、学研、小学館、金子書房なども「児童年鑑」を発売した。父は商標登録をしていたのだが、「文字自体に権利を主張せず」の条件つきだから、類書の出現は止められなかった。新興の児童年鑑は発行日を早め、社会科の参考書としてのコンセプトで追ってきた。その中で父は「大人になっても役に立つ知識」にこだわり、発行日も年末ぎりぎりを変えなかった。野ばら社版は戦前からのファンも多くて健闘し、ピーク時には十万部近くに達して王座を守っていたが、問屋筋からの「社会科を意識して近代化したら」という助言への対応は遅れた。「サラリーマンの作る本には負けない」という父の手づくり意識は、兄の批判も生んだ。奥付の編集者の欄に、父・志村文蔵と兄と私と、三人の名が並んだ年もあった。それは父の自慢だったが、同時に一つの限界でもあったと思う。『児童年鑑』としては昭和三十一年版が、そして私が大学を卒業する年に『学友年鑑』の名でスリム化して作った昭和三十二年版が最後になった。以後休刊しているが、廃刊ではないと私は今でも思っている。

昭和二十四年以後も私の日記は続いて、家業の隆盛を伝えている。十万円を超える売り上げが何日も続くので、怖いようだとまで書いてある。地方の問屋が、先を争って電報で注文を入れてくる盛況だった。父も安心したのか、この正月には、姉たちと私を連れて熱海の温泉へ泊まりに行っている。その後、気に入りの温泉宿を伊豆山に決めて、そこで名著となる『手紙辞典』の編集・著作に没頭した。高校一年生になった私は、助手として週末ごとに東京と熱海の間を往復した。そして年末には十六歳で自動車の運転免許を取り、配本に走り回るようになった。

家の仕事に組み込まれながら、私は青年期に入っていった。昭和二十四、五年の私の日記帳は薄い。それを二十六年に読み返した私は「わが伸びそこなった少年期の記念」と、わざわざ見返しに書き込んでいる。その後私の日記の分量は、加速度的に増えて高校三年のピークに向かうのだ。今の私はどのようにして出来上がったのか、よく読めばわかるのかもしれない。そのことにどんな意味があるのかはわからないが、一人の少年が大人になるために通った足跡が残っている筈だ。日を改めて、それを書かなければならないと思っている。

著者の生まれた家。戦後の撮影だが、間取りは戦時中と変っていない

資料・空襲の実像（その一）

この記録は私の個人的な日記帳と記憶に基づいているので、客観的な資料で裏付けをしておきたい。

本文にも書いたように、昭和二十年四月十三日から十四日にかけての東京北部の夜は曇天で見通しがきかず、自宅上空の狭い範囲のことしかわからなかった。さらに翌朝から焼け跡に取り残された陸の孤島のような状況になったから、長いこと外部の情報とも遮断されていた。今回の書籍化を機に、東京都北区立図書館などで資料を調べ、私としても初めて当夜の空襲の全体像を知ることができた。

帝都防空本部の公式資料によると、この日来襲したB29は約百五十機、被害を受けたのは豊島、滝野川、荒川、板橋、王子の各区が中心で、千八百二十二名の死者を出している。消失家屋は十七万戸に及ぶ。そのうち滝野川区内では死者百四十名、重軽傷者千百名、全焼一万五千戸あまり、罹災者約六万五千名と記録されている。

戦災区域図によると、滝野川区内には、まだら状に焼け残った地域がある。これは山の手の緑地の多い地形と、当日が曇天でB29が正確な目視の照準ができなかったこと、さらに強い風が吹

戦災直後の東京・王子駅付近

いていなかったなどの幸運が重なった結果と思われる。
逆に、住宅密集地域で計画的な「焼滅作戦」が貫徹された場合には、地上には手のつけられない火炎地獄が出現する。
その実情については、古くは早乙女勝元氏の『東京大空襲』(岩波新書)の名著があり、近くは半藤一利氏の『15歳の東京大空襲』(ちくまプリマー新書)がある。
経験したものにしかわからない空襲の真の恐ろしさは、それらの文献によって体感していただくことをお願いしたい。

滝野川区（北区東部）の戦災地図。隣接する荒川、豊島、本郷の各区も大半が焼けているが着色されていない。上中里、西ヶ原、中里の一部だけが島状に焼け残っているのがわかる

空襲の実像（その二）

東京の私の家は戦災で焼けなかったが、親戚に当る私の妻の実家では、父親の出征中に静岡大空襲に遭遇している。

大都市を壊滅させたアメリカ空軍は、順次地方の主要都市の攻撃に向かっていた。静岡市がB29百二十三機による集中攻撃を受けたのは、昭和二十年六月十九日の夜から翌二十日未明にかけてである。この空襲で市内の70％が消失し、死者千六百六十九名を出して、静岡市の中心部は完全に焦土と化した。当時小学（国民学校）三年生だった妻ひさ江は、次のような手記を書いている。

「いよいよ避難した時は、近所の人はだれもいなくて、私たちが最後でした。祖父と兄、私、弟二人と、末の弟をおんぶした母と逃げました。乳母車に火の粉をさけるためのふとんを積んで祖父が押し、熱くなっている道路を、火をよけながら山の方へ急ぎました。広い河原へ逃げるように前から決めていたのですが、大きな火の手が上っていて、だめでした。

途中、靴がみつからなくて大人の白足袋をはいた弟の足に火がついたのを、母がもみ消したり、山に近づいたところでは、近所の床屋さんの双子のお姉さんが焼夷弾に直撃されて横腹をえぐられ、小さな声で『お水をちょうだい、お水をちょうだい』と言いながら、草の上に寝かされてい

被災直後の静岡市全景。正面奥は浅間山

ました。」

その後、妻は祖父の生家である安倍川奥の梅ケ島へ、兄弟とともに引き取られた。そこは一挙に時代劇の中に投げ込まれたような「昔の暮らし」の世界だった。ヘビやヒルにおびえながら、一時間もかかる山道を歩いて学校へ通った。空襲がある夜には、誰もいない納戸に入ってふとんに顔を埋めて手を合わせ「神様どうぞ静岡にいるお母さんをお守り下さい」と泣きながらお祈りしたという。

そんな暮らしが二カ月ほど続いた八月十五日に、部落中の人が縁側に集まる中で終戦のラジオ放送を聞いた。内容はよくわからないながら、もう空襲がなくなるらしいことはわかった。それが何よりもうれしかったと妻は書いている。

妻の実家の出征風景。２回目の応召だった。妻（前列左端）は小３で、小６の兄と学齢前の幼児が３人いた。この２カ月後に静岡大空襲に遭遇した

妻がこの手記を書いた動機は、数年前に弟の嫁から「お姉さんのところは戦災に遭ってないんでしょ」と言われて絶句したからだという。父親は焼け跡に復員してきて、地を這うような苦労をしながら家業を再建し、弟たちに大学教育を受けさせた。妻自身も三年生の十歳の年に空襲を経験し、母と別れて暮らさなければならなかった。そのつらい記憶は、生涯忘れられるものではないのだ。

考えてみると、私も妻も、娘たち孫たちに戦争の体験を語って聞かせた記憶がない。私たちは親からいろいろな思い出話を聞かされながら育ったように思うのに、なぜなのだろう。

テレビや雑誌などの娯楽が増えて、家庭内の会話が減ったからだろうか。それもあるかもしれないが、やはり「暗い話は思い出したくない」気持があったのではなかろうか。だが、思い出したくない記憶だからこそ、しっかりと伝えなければならないこともある。

遅ればせながらではあっても、私たち世代の体験を一冊の書籍としてまとめてみた。晩年になってやっと提出する「昭和一桁世代」からの報告書である。

「本当にあった怖い時代」がどんなものであったか、知るための手がかりとしていただければ幸いである。

（なお、本書の初稿は「人間たちの記録」の題名で書かれたので、文中でそれを意識しているところがある）。

著者プロフィール

志村建世（しむら　たけよ）
1933（昭和8）年生れ、東京都北区出身。現在、東京都中野区在住。
会社役員、作詞家、映像作家、エッセイスト、元ＮＨＫテレビディレクター「みんなの歌」「われら10代」等を担当。元野ばら社編集長。

著書に
『詩集 愛それによって』（1974年 日教研）
『おじいちゃんの書き置き』（2005年 碧天舎）
『あなたの孫が幸せであるために』（2006年 新風舎）
ＪＡＳＲＡＣ（日本音楽著作権協会）会員（作詞）
「志村建世のブログ」http://pub.ne.jp/shimura/
自宅メール　shimura@cream.plala.or.jp

少国民たちの戦争
──日記でたどる戦中・戦後

2010年８月10日　第1刷発行

定　価　（本体1500円＋税）
著　者　志村建世
発行人　小西誠
装　幀　佐藤俊男
発　行　株式会社　社会批評社
東京都中野区大和町1-12-10小西ビル
電話／03-3310-0681　FAX／03-3310-6561
郵便振替／00160-0-161276
ＵＲＬ　http://www.alpha-net.ne.jp/users2/shakai/top/shakai.htm
Email　shakai@mail3.alpha-net.ne.jp
印　刷　モリモト印刷株式会社